dear+ novel
shinjingekaiwa shirojishini kyuaisareru

新人外科医は白獅子に求愛される

幸崎ぱれす

新書館ディアプラス文庫

新人外科医は白獅子に求愛される

contents

illustration : 北沢きょう

新人外科医は
白獅子に
求愛される

「昨日のことだが——雪野《ゆきの》、気を落とすなよ。お前だって一定のレベルを超えてるから、うちの専攻医になれたんだ」

その日の朝、当直を終えた雪野瑠依《るい》が白衣を脱いで帰り支度《じたく》をしていると、消化器外科チームの先輩である茂草《もぐさ》が同情を含んだ眼差《まなざ》しをこちらに向けた。

「新谷《あらや》に先を越されて焦《あせ》る気持ちはわかる。俺も若い頃はやきもきしたもんだ。俺たち人間は、獣人の能力値にはどうしたって敵《かな》わないからな」

昨日、同期入局のアライグマ獣人——新谷が初めて執刀医《しっとうい》を任された。いまだ助手止まりの雪野の心境は穏やかではなかったが、茂草も同じ人間の外科医として似たような経験があるらしく、妙に気を遣《つか》われてしまった。

ショルダーバッグを肩にかけた雪野は軽く頭を下げる。

「ご心配ありがとうございます。獣人の能力が俺たち人間より優《すぐ》れているのは事実ですが、彼はそれに驕《おご》らず努力もしていますし、妥当《だとう》な評価だと思います」

雪野だって、自前の縫合《ほうごう》練習キットから病院のラボ室にある外科シミュレーターまで、あらゆるトレーニングを時間が許す限り行なっている。それでも敵わないのは悔《くや》しいけれど、ここで愚痴《ぐち》っても仕方ない。そう自分に言い聞かせて、小さく深呼吸して気持ちを整え、同情は無用だと言わんばかりに平然とした顔を上げる。

「俺が選ばれないのは、俺が未熟だからです。もっと精進します」

「相変わらずくそ真面目《まじめ》でくそクールだなぁ。お前、実はチベットスナギツネの獣人とかじゃないよな？」

淡々と返す雪野に、茂草は肩を竦《すく》めた。意味がわからず目で問い返すと、茂草が無表情を作って目尻を指で真横に引いた。

「なんかこう、常にスンッとした感じが、綺麗なチベットスナギツネって感じ」

「顔は関係ないでしょう」

雪野は呆《あき》れて半目になる。薄茶色のストレートヘアに切れ長の目、細い鼻筋というどこか冷たげな容貌《ようぼう》に加え、感情が顔に出にくいタイプというだけで、残念ながらただの人間だ。

「まあ、笑顔がはじけるチベットスナギツネだっているかもしれないしな」

自分で言って、自分で想像して笑い始めた茂草の声を背に、雪野は職場をあとにした。


東凰《とうおう》医科大学附属第二病院、第二外科。それが雪野の職場だ。

医学部を卒業後、二年間の初期研修を終え、現在は消化器外科の専門医を目指して専攻医――昔で言う後期研修医としての日々を送っている。まだまだ一人前とは言えないものの、入局三年目ともなれば医者としての自覚も芽生えてくる。そして同時に、実力差が目につき始める時期でもある。

茂草にはああ言ったが、雪野は一度も執刀医を任されたことはないし、不満や焦りがないわけではない。

――俺だって、獣人だったら……いや、余計なことを考えている暇《ひま》はないだろ。

人口の約一割を占める獣人は動物的直感や五感の鋭さから、人間よりも全体的に能力値が優れている。

そして雪野は、イヌ獣人の父と人間の母のあいだに生まれた子どもだった。

獣人と人間では、高確率で人間の遺伝子を引き継ぐとはいえ、獣人として生まれる可能性だって雪野にはあったのだ。

結果的に人間として生を受け、人間として精一杯努力をしているものの、頑張れば頑張るほど「もし獣人だったらもっと結果が出せた」という考えが心のどこかにちらついて、たまに少し息が苦しくなる。

もやもやとしたものを抱《かか》えながら、雪野は電車を乗り継ぎ駅を出る。当直明けの半休を有意義に使うべく、参加予約していた消化器外科関連の学会の会場へと足を進める。

「……新谷の手技も十分すごいけど、白変種の獣人は本当に桁《けた》違いなんだろうな」

獣人のさらに百分の一、つまり全人口の〇・一％の確率で、白変種の獣人は存在する。

白変種というのはホワイトタイガーや白孔雀《しろくじゃく》のように白銀の美しい身体を持つ血筋を指す。

白い動物は古来より神聖なる神の使いとして崇《あが》められることも多く、現代でも縁起物として認知されているが、白変種の彼らも人間離れした能力を持っている。

希少で滅多《めった》にお目にかかれるものではないが、世界レベルの歌姫や芸術家などは、大抵が白変種だ。

「どんな高難易度のオペも成功させる『神の手』を持つ世界的な天才外科医もホワイトライオンだったたな。あぁ、たしかちょうどあんな感じの――えっ」

ぼんやりと視界の端に映《うつ》る白銀の頭を眺めていた雪野は、目を見開いた。

長身の体軀《たいく》に長い手足、陶器のように白い肌。白銀の髪から覗くライオン獣人特有の丸い耳と、獣人用の高級ブランドのズボンから伸びる、先端に房のある尻尾。白いスーツを身にまとった三十代くらいのその男は、まさに今思い浮かべていた天才外科医――獅堂王牙《しどうおうが》だ。彼が、自分の数メートル先を歩いている。

日本に来ていたのか、とまじまじと見つめた先で、獅子のたてがみを彷彿《ほうふつ》とさせる彼の豊かな髪が風に揺れ、直後、地面に倒れ伏した。

――急病か⁉

異常を察した雪野はすぐに駆け寄って、彼のかたわらに膝をつく。この男の名前を聞いたことのない外科医はいない、というような有名人に、まさかこんな形で出会うとは思わなかった。

おぉ、本物だ、目の前に何千何万という患者を救ってきた外科医が……とひそかにテンションが上がったものの、病人を前に即座に仕事モードに切り替え、冷静な声で彼に呼びかける。

「大丈夫ですか。俺は医者です。どこが痛みますか？　救急を呼びます」

「あぁ、悪いが頼む。おそらく胃潰瘍穿孔《いかいようせんこう》だ。潰瘍の兆候《ちょうこう》は薄々あったんだが、忙しさにかまけて放置しすぎたな」

表情こそ苦しげではあるが彼の口調は落ち着いており、雪野が手を出す前に自ら服を緩《ゆる》めて楽な体勢を取っている。

一一九に電話した雪野は、自らの症状を分析する彼の言葉もオペレーターに伝えた。

「もうすぐ救急車が来るそうです。あと少し頑張ってください」

彼の美しい顔は青白く、丸い耳は弱々しく伏せられ、尻尾もだらんと垂《た》れている。

「大丈夫ですからね」

痛みが少しでも落ち着くように祈って、雪野はそっと彼の手を握る。ところが添えられた手を一瞥《いちべつ》した獅堂は空《あ》いている手で白銀の髪をかき上げて、額に冷や汗を浮かべながらも余裕の笑みを作った。

「……お前は医者だと言ったが、俺も医者だ。おそらくお前よりもかなり優秀な。だから心配は無用だ」

職業柄《がら》、穿孔した患者を何度も見ているので相当に具合が悪いであろうことは雪野にもわかる。

獅堂は他人に弱みを見せまいというプライドなのか気丈《きじょう》に振る舞っているが、今の彼は病人で、自分は医者だ。それなら相手が誰であれ、自分がすべきことは患者を安心させることだけ

だ。そう判断した雪野は、真顔で彼を見下ろす。

「それは知ってますけど、天才外科医でも痛いものは痛いでしょう。病気になればつらいのは誰だって同じなんですから、こんなところで強がらなくていいです。黙って俺の手を握ってゆっくり呼吸しててください」

この場で回りくどいことを言っても響かないような気がして、通常運転の愛想の欠片《かけら》もない真顔で一喝《いっかつ》すれば、彼はペールブルーの瞳を見開いて息を詰めた。もう少しやんわりと言うべきだったたか、と雪野が内心で反省していると、獅堂の顔色がなぜかだんだん青から赤に変わっていく。

「え、なんで息止めてるんですか。ゆっくり呼吸してくださいってば」

雪野が心配しているうちに、救急車のサイレンの音が聞こえてきた。

「よかった、結構早く来てくれましたね。何かあると困るので、俺も病院までは同行しますが……大丈夫ですか?」

「……ふっ、おもしろいやつ。お前、名前は?」

「ええと、雪野――」

「ユキノか。可愛《かわい》い名前だ……」

それ名前じゃなくて名字です、と訂正する間もなく、獅堂は譫言《うわごと》のように「ユキノ……ふふ、ユキノか……」と繰り返し始める。

どうしよう、倒れたときに頭を打ったのかもしれない——と不安になった雪野は、急いで搬《はん》送《そう》するよう救急隊員に指示をした。

＊＊＊

雪野《ゆきの》の前に、再びあの白銀の男が現れたのはそれから一ヵ月後のことだった。

朝、出勤した雪野がビジネスカジュアルな通勤スタイルのまま一階のエントランスを抜けて、始業準備をするべくエレベーターに乗り込むと、すぐ背後から白いスーツを翻《ひるがえ》して彼は乗ってきた。

あの日は伏せられていた丸い耳も今日はピンと立ち、白銀の髪も燦然《さんぜん》と輝いている。

「また会えたな、ユキノ——は名字だったんだな。よし、ルイと呼ぼう」

「いいえ、雪野でお願いします」

わけがわからないまま咄嗟《とっさ》にそう返したものの、どうして雪野のフルネームを知っているのか——いや、それ以前に、そもそもなぜ獅堂王牙《しどうおうが》がここにいるのだ。

ひと月ほど前、雪野は搬送される彼と一緒に救急車に乗り込み、彼が手術室に運ばれるのを見送って学会へ再び向かった。嵐のような数時間だったものの、末端の新人外科医と世界の天才外科医が直接会うことはもう二度とないだろうと思い、すっかり過去の記憶として処理していたのだが――。

思わず凝視《ぎょうし》する雪野に構わず、彼は不満そうに口を尖《とが》らせて「お前がそう呼んでほしいなら……」と呟いている。

「そうだ、あのときのお礼をしよう。俺にしてほしいことをなんでも言ってくれ」

長身の獅堂は、なぜか雪野を壁際に追いやってくる。そのまま詰め寄るように、彼は雪野の顔の横の壁に左手をついた。感謝してくれるのはありがたいが、距離感がだいぶおかしい。しかもエレベーターという密室の中でこれは若干《じゃっかん》暑苦しい。

「ええと、お礼とか結構です。というか、なぜここに――」

「遠慮《えんりょ》はいらない。欲しいものでもいい。車でもマンションでも」

こちらの話をまったく聞いていなさそうな彼は、雪野の顎《あご》に右手を添えて、美しいペールブルーの瞳でじっと見つめてくる。

「いや……急病人の対応をしただけで車とかマンションとか言われても困ります。じゃなくて、なぜここに――」

「お前が助けたのはただの急病人じゃないだろう？」

「……胃潰瘍を拗《こじ》らせて穿孔した以外にも何か病気があったということですか？」

少し心配しながら医者として尋ねると、彼は雪野から身を離してくっくっと笑った。

「この俺を助けておいて、その態度！　よりいっそうお前のことが気に入った」

なんだ、この人は。会話が成立しない。天才過ぎて、凡人《ぼんじん》の言葉が理解できないのだろうか。

獅堂の手術手技映像は何度も見たことがあるし、彼の論文だって世に出ているものはすべて目を通しており、世界の天才外科医として尊敬してはいるけれど。この会話の通じなさとテンションは、人としてちょっと……いや、かなり苦手かもしれない。

雪野がげんなりし始めたとき、エレベーターが目的地に到着したことを知らせてくれた。

「それじゃあ、ユキノ。またあとで」

解放された雪野は彼に会釈《えしゃく》をして、医師たちの控え室《ひかえしつ》——いわゆる医局と呼ばれる部屋を目指す。背後から聞こえる高笑いにぶるりと震えて振り返ったら、彼は院長室の扉をノックと同時に「俺だ」と言って開けていた。フリーダムすぎる。もう本当に、心底、関わりたくない。


どうして獅堂王牙がここに、という雪野の疑問は、その日の全体朝礼で明らかになった。

「我が東凰《とうおう》医科大学附属第二病院の外科に、なんと、あの、世界的に有名な獅堂王牙先生が入局いたしました。彼にはスーパードクターとして、外科全般の手術に関する業務に携《たずさ》わっていただきます。これからぜひとも、当院でその『神の手』の力を存分に——」

院長が紹介した男を、雪野はあんぐりと口を開けて見つめた。医師たちのあいだに興奮と動揺がざわざわと波紋《はもん》のように広がっていく。

「院長、気合い入ってるな……というか東凰的にはメリットだらけだけど、獅堂王牙はなんで入局してくれたんだ?」

「うちとは週三日程度のフリーランス契約で、残りは結構自由な感じらしいよ。でもどうしてうちに来てくれたのかは謎《なぞ》だな……東凰は国内では上位の施設だとはいえ、世界的に見たら塵《ちり》みたいなものだし」

「日本では五つ星ホテル暮らしみたいだし、定住する気はなさそうじゃない?」

背後から同僚たちの会話がうっすら聞こえてくるが、当の獅堂は気にする素振《そぶ》りもなく、どこかの国の王様のごとく悠然とした態度で一歩前に出た。

「ご紹介に与《あずか》りました獅堂王牙です。しばらくのあいだ、この東凰医科大学附属第二病院で皆さんと一緒に働くことになりました」

低くてよく通る声に、周囲の空気が引き締まるのを感じる。

「――と堅苦《かたくる》しい挨拶《あいさつ》はここまでだ。とりあえず難しい手術は俺に相談してくれ。君たちに俺の手術手技を真似することはできないだろうけど、技術向上のヒントにはなるかもしれないから、俺の執刀時は積極的に見学に来るといい」

彫りの深い整った顔に、自信に満ち溢《あふ》れた微笑《ほほえ》みを浮かべた獅堂に、周りの教授たちの顔が引き攣《つ》る。獅堂に悪意はなさそうだが、空気を読む気もなさそうだ。すげぇ自信、という複雑な感情の滲《にじ》んだ吐息《といき》があたり一帯に充満している。

――ナチュラルボーン傲慢《ごうまん》って感じだな……。

雪野が引き気味に獅堂を見やると、彼はなぜかこちらに向かって片目を閉じた。ウインクのように見えたがそんなわけがないので、きっと目にゴミが入ったのだろう、と思うことにした。

獅堂のナチュラルボーン傲慢が本領を発揮《はっき》したのは、その日の夕方——翌々日に手術を控えた患者の術前カンファレンスでのことだった。

「患者は男性のフェレット獣人で、症状はインスリノーマ——つまり膵臓《すいぞう》の腫瘍《しゅよう》の影響による低血糖。治療方針としては、外科的治療で部分切除を行ない、その後は内科的治療でのコントロールを継続します」

茂草《もぐさ》のプレゼンに誰もが頷く中、獅堂だけがきょとんと首を傾《かし》げた。彼はゆっくりと歩いてみんなの前に立ち、茂草に向き直る。

「それは外科的治療で根治《こんじ》を目指さないということか？　腫瘍を正確に切除すればいいだけのことだろう？」

茂草は獅堂に見下ろされて若干怯《ひる》んだものの、一呼吸おいてから毅然《きぜん》と反論する。

「フェレット獣人には単独での腫瘍化は少なく、病変がまき散らしたように広がっていることが多い。すべてを取り去るのは物理的に不可能です」

「でも人間と違ってフェレット獣人のインスリノーマはほとんどが悪性だし、再発や転移を起こさないことを前提に方針を立てるべきだ。俺なら膵臓を全摘せずに病変だけを完全切除できる。よし、この執刀は俺が引き受けてやる」

なんでもないことのように言い放った獅堂に、茂草を含めたチーム全員が固まる。

まず獣人は人間と同じ病院で診療されるものの、人口に比例して症例数が少ない。そのうえ彼らの身体構造や病気の特性は人間と微妙に異なり、治療も工夫が必要なため、獣人の手術の多くは大学病院などの限られた施設でしか行えない。

この東凰医科大学附属第二病院もその一つで、それなりの実績はある。それでも、獅堂の頭に描かれている処置を誰もイメージできない。

「そ、そうは言ってもですね、患者は六十代後半です。散らばった病変を一つ一つ切除していたら手術時間も膨大《ぼうだい》になり体力が保ちませ――」

「俺ならできる」

助け舟を出した温厚なクマ獣人の外科部長の言葉を遮《さえぎ》って、獅堂は言いきった。

「俺の実績を知らないわけではないだろう？　普通ではありえない手技をするから『神の手』なんだ。術後に内科的サポートをするのは自由だが、執刀は根治する前提で俺にやらせてほしい」

「……そこまでおっしゃるなら」

外科部長と茂草が複雑な表情で頷くのを見て、獅堂は満足げに笑う。

「あぁ、任せてくれ。それにしても俺ができると言っているのに躊躇《ちゅうちょ》するなんて、凡人の思考は理解ができないな」

心底不思議そうに首を傾《かし》げて会議室から出て行く獅堂に、雪野はもはや虚無《きょむ》の表情でドン引きするしかない。

「俺にはお前が理解できねえよ……」

後ろの方から誰かの溜め息のような呟きが聞こえ、室内に溶けて消えた。

「天才、怖い……」

隣に座っていたアライグマ獣人の新谷《あらや》も震えている。同じ獣人から見ても、獅堂はだいぶアレなやつらしい。

＊＊＊

翌日の午後、カルテ入力などの雑務を片付けた雪野《ゆきの》が職員食堂で肉じゃがを注文していると、背後から獅堂《しどう》が駆け寄ってきた。

「今からランチか?」

「げっ……いえ、はい」

ただでさえ会話不成立っぷりに苦手意識が芽生えていたところに、昨日のドン引きカンファのこともあり、内心でたじろいだ雪野はさりげなく距離を取った。しかし彼はいっさい気にした様子もなく距離を詰めてきて、雪野のトレイに載った肉じゃが定食を指す。

「肉じゃがが好きなのか？　それならホテルのシェフに最高級の食材で肉じゃがを作らせよう」

「結構です。お気持ちだけありがたくちょうだいします」

「でも肉じゃがは好きなんだろう？　さっきメニューを見たときに少し嬉しそうな顔をしたのを、俺は見逃《みのが》さなかったぞ」

雪野は心の中で小さく溜息を吐く。天才外科医の手技を近くで見て学べる環境はありがたくはあるが、こんな珍妙な絡まれ方をしたいわけではない。

なるべく目を合わせないようにしてテーブル席に座ったが、獅堂は当然のように正面の席に腰かける。雪野は半ば《なかば》諦《あきら》め気味に自分の皿のじゃがいもを箸《はし》で割った。湯気がふわりと立ちのぼり、食欲を刺激する香りが鼻腔《びくう》をくすぐる。

「ほら、また口角が上がった。やっぱり好物なんだろう」

「はぁ……別に、高級な肉じゃがが食べたいわけじゃないです。ただ、母がよく作ってくれたのを思い出して懐かしくなっただけです。ここ数年は実家にも帰れていないので」

埒《らち》が明かない気がしたので正直に言うと、獅堂は目を丸くした。

「お母様の作った肉じゃがが食べたいのか」

「そういうわけでもないですが……」

母から電話やメールが来たときにはきちんと返事をするし、決して不仲ではないものの、実家に帰ったのは大学時代に一度きりだ。

　大人になるにつれ獣人との能力差を感じる機会が多くなり、どうしても「人間の母ではなく、獣人の父の性質を受け継いでいれば」という卑屈《ひくつ》な考えが頭を過ってしまう罪悪感から、なんとなく母とは顔を合わせにくい。

　そうでなくても新人の身ではのんびり帰省をする暇はないので、こうしてお袋の味を不意に思い出すくらいがちょうどいいと思うことにしている。

「まあ庶民《しょみん》の俺には高級料理より、愛情のこもった出来立ての手料理のおいしさの方が理解はできますけどね」

「なるほど……よくわかった」

　妙に物わかりのいい返事に一抹《いちまつ》の不安を覚えたものの、とりあえず納得はしてくれたらしい。

すっくと立ちあがった嵐のような男は雪野に軽く手を振り、食堂を去っていった。


　肉じゃが定食を食べ終えた雪野は残りの業務も着実にこなし、終業の時間となった。今日は早めに仕事が終わったので、ラボ室で手技の練習をしてから、家に帰って学会の動画を見たり論文を書いたりできる。

　――でもその前に一旦《いったん》デスクを片付けて、医学雑誌に目を通して……。

　脳内でスケジュールを立てながら医局の方へ歩いていると、前方から白銀の男が現れた。すでに白衣から着替えて帰り支度を済ませており、高級素材の白いスーツがやたらと眩《まぶ》しい。

「ユキノ、お疲れ。今日はもう終わりだろう？　俺も今から帰るところだ」

「げ……いえ、お疲れさまです」

初日の始業前や今日のランチタイムでは変な絡み方をしてきた獅堂だが、オンオフはしっかり切り替えるタイプらしく、仕事中はきびきびと働いていた。

雪野の所属する消化器外科だけでなく、外科全般の手術に関わっている彼は、ときにその傲慢さにドン引きされたりしつつ、どこの科でも天才外科医として才能を発揮していたようだ。昨日と今日だけで、院内のいたるところから困惑と感嘆《かんたん》の吐息が何度も聞こえた。

「どうした、元気がないな」

それはあなたが求愛中のクジャクみたいな動きで俺の行く手を阻《はば》んでいるからです、とは言えず、雪野は曖昧《あいまい》に首を横に振る。

「そうだ、今夜は俺のホテルに来い。スパでマッサージでもして疲れをとるといい」

「はい……？　いや、結構です」

「気晴らしにプライベートジェットをチャーターして空の旅でも楽しむか？」

「遠慮します」

「だったらお前の家にリラクゼーションの療法士を派遣《はけん》しよう」

「それは普通に迷惑です……。じゃなくて、先日も言いましたが、あの日救急車を呼んだことについては、本当にお気になさらないでください」

彼がどれほど義理堅《がた》い性格なのか知らないが、正直、こういう誘いをされても困る。執刀すら任せてもらえない新人の雪野には、とてもじゃないがプライベートで豪遊する余裕も、他人と仲良しこよしする余裕もない。

お礼をと言うなら手技の相談などをさせてもらえたら——という考えも頭を過ったが、彼の才能が規格外すぎて自分たちとは理解し合えないことが、すでに昨日のカンファでわかっている。相談したところで「どうしてできないのかがわからない」とあのきょとん顔で首を捻《ひね》られるのは明らかだ。

だったらもう、妙な恩義は感じなくていいから放っておいてほしい。きっぱり伝えておこうと顔を上げると、瑕疵《かし》ひとつない笑顔が鼻先まで近付いてきた。雪野は反射的に距離を取る。

「もちろん、あのときのことは感謝している。でも、それだけだと思われているなら心外だな。お前のことを気に入ったから、こうして直々《じきじき》に口説《くど》いてやってるのに」

「……は?」

「たまたま仕事で日本に来ていた数日間の中で、俺はお前に出会えたんだ。これは運命だとは思わないか?」

「思いませんね」

真顔で否定する雪野に構わず、彼はフリーダムに話し続ける。

「そうだろう、お前もそう思うだろう。やっぱりこれは運命の恋だ」

「突発性難聴なのかな……耳鼻咽喉科《いんこうか》は三階ですが」

「何、照れることはない。お前を俺のものにしてやると言ってるんだ。お前はただ黙って俺に愛されればいい」

「はぁ……？」

全然、義理堅いとかじゃなかった。雪野は眉間《みけん》に皺《しわ》を寄せてこめかみを押さえる。クジャクの求愛みたいだと思っていたが、本当に求愛だったとは。

「すみません、俺は人間の男なんですけど」

海外の人に比べたら雪野の体格は華奢《きゃしゃ》だし、顔立ちも中性的でチベットスナギツネ似なので、まさか獣人女性だと思われているのだろうか。あり得ないと思いつつ申告すると、獅堂は大げさに肩を竦《すく》めた。

「最近はこの国でも同性間の恋愛が認められるようになってきただろ？」

「それは人間同士の場合だけでしょう……」

飄々《ひょうひょう》とした表情で微笑む獅堂に、雪野は呆れた眼差《まなざ》しを向ける。

彼ら獣人は半年に一回、一週間ほど発情期が訪れる。その期間に発せられるフェロモンは、獣人同士の異性であれば相手がゾウでもウサギでも等しく効果があるという。

うっかりその気がない相手を誘ってしまわないように、獣人たちは皆、薬でコントロールをして人間と同様の生活を送っているものの、本能的に獣人同士で惹かれ合う傾向が強い。

さらに希少な種ほど自分たちの遺伝子を残したいという本能も強くなるらしく、種の保存の観点からも獣人の異性とつがうことが自然とされる。

獣人と人間の夫婦も法的には認められており、雪野の両親のように男女であれば妊娠や出産も可能だが、そういった獣人の本能的な事情もあって、いまだ少数派だ。

同性間の恋愛にいたっては、人間同士では世間も寛容になってきたとはいえ、獣人の場合はイレギュラー中のイレギュラーだ。

――いや、俺だってそこまで頭が固いわけじゃないし、恋愛は各々《おのおの》が自由にすればいいとは思うけど……。

問題はそこではない。恋愛なんて今の自分にとっては仕事の邪魔でしかないというのに、こんなフリーダムな生命体に目を付けられるなんて、全力でご遠慮させていただきたい事案だ。

「……そもそもなんで俺なんですか」

あなたなら他に引く手あまたでしょう、だから俺のことは忘れてください今この瞬間に、という気持ちを込めて問い返すと、彼はなぜか頬を染めた。

「初めて会った日――ユキノが俺を、普通の人みたいに一喝してくれた瞬間にビビッと来たんだ」

「そんなことで……？」

全然意味がわからない。一喝されてビビッと来るって、ドMか。訝《いぶか》る雪野の顎《あご》に手を添えて、獅堂はうっとりと続ける。

「あれは初めての体験だった。入院中ずっとお前のことが頭から離れなくて、気付けばユキノの勧める病院を探し出して『東風の医療に興味が』とか適当な理由をでっちあげて契約していた。ゆくゆくはお前を俺の本拠地であるアメリカに持ち帰りたいと思っている」

「脳のＭＲＩは四階でどうぞ」

もうダメだ。会話が成立する気がしない。一応、目上の存在として気を遣《つか》っていた部分もあったが、こいつは変人だ。天才だけど変人だ。遠慮している場合ではない。思わず絶対零度《れいど》の表情で脳神経外科をご案内した雪野に、彼は愉快《ゆかい》そうに口角を上げる。

「すべてを遮断《しゃだん》した完全なる無の表情……！　そんな反応も新鮮だ。やっぱり俺はユキノが欲しい」

雪野の都合をことごとく無視する彼の感覚は恋ではなくて、セレブが珍獣を飼《か》いたがるアレではないのか。そう感じた雪野は心のシャッターを完全に締めきる。

「丁重《ていちょう》にお断りします」

「他に好きな人でもいるのか？　ちょっと相手の名前と住所を言ってみてくれ」

「笑顔が怖いです……そうじゃなくて、俺は初期研修を終えたばかりの新人外科医ですよ。恋愛してる暇なんてないですし、俺をアメリカに持ち帰ろうなんてもってのほかです」

立派な医師になるために、学生時代から努力を重ねてきたのだ。まだ一人前には程遠い雪野には恋などする余裕はないし、天才の珍獣ハントに付き合うなど論外だ。

「……俺に持ち帰られたら、アメリカですごい経験が積めるかもしれないぞ？」

小首を傾げて上目遣いでそんなことを言う彼に、雪野は今度こそ死んだ魚のような目を向けた。

「そういうのチラつかせるのは本気で引きます」

「少しくらい媚《こ》びを売ってくれてもいいのに、真面目だな。でもまあ仕事で贔屓《ひいき》はできないし、ユキノは海外のライセンスを持ってないから、たしかにあまり意味がないな。今のユキノを俺の現場に連れて行っても社会見学が関の山か……悪い、嘘になるところだった」

眉《まゆ》を下げた彼は謝りながら息をするように傲慢なことを言う。この野郎、と軽く口の端をひくひくさせた雪野だったが悔しいことに事実なので、はーっと息を吐くにとどめる。

「とにかく、俺のプライベートは食事と睡眠《すいみん》以外、勉強と研究と手技の練習に費やしているので、獅堂先生のお誘いはすべて謹《つつし》んでお断りします。今日もこのあとまだ残ってやることがあるので失礼します」

「ふっ……、難攻不落だな。燃えてきた」

舌なめずりをする獅堂にぞわっと鳥肌を立てながら、雪野はそそくさと医局に逃げ込むのだった。

ラボ室に寄って手術手技のシミュレーターで自主練をしてから帰宅した雪野は、自宅マンションの部屋のドアに鍵《かぎ》を差し込んだ体勢で固まった。

「おかえり、ユキノ。随分《ずいぶん》遅かったな」

隣室の扉が開いて獅堂が出てきたような気がしたが、目の錯覚《さっかく》だと自分に言い聞かせて速やかに鍵を回してドアノブを摑む。

「おい、目の錯覚じゃないぞ」

自室に入る直前で手首を摑まれて壁に押しつけられ、雪野は苦々しい面持《おもも》ちで口を開いた。

「……どうして獅堂先生が俺のマンションの隣室にいるんですか」

「空室だったから借りたんだ。不動産屋に少しお願いをしたら十五分くらいで契約が成立した」

なぜ雪野の住所を知っているのか、不動産屋に一体どんなお願いをしてしまったのか、などとは聞かない。多分、彼にはそのくらい朝飯前だったのだろう。

「それより見てくれ。とりあえずベッドを買ってみたんだが、それだけで一部屋埋まってしまった」

扉が開け放たれた彼の部屋をちらりと覗いたら、どうやって搬入《はんにゅう》したのかわからないサイズのベッドが奥の寝室を占拠《せんきょ》しているのが見えた。

「何やってるんですか……というか俺、風呂入って飯食って学会のセミナー動画見たいんで失礼します」

「任せてくれ」

「いや、だから何を……まあ、なんでもいいですけど、不動産屋に怒られるようなことはしないでくださいね」

なんとか獅堂を躱《かわ》して自室に逃げ込んだ雪野は、湯船にお湯を張るあいだに部屋の片づけを済ませ、タブレットを持って浴室へ向かう。今日は主《おも》にあの男のせいでどっと疲れたので、半身浴をしながら論文を読んで勉強することにした。

——ピンポーン。

風呂上がりに夕飯のカップ麺《めん》を作るためのお湯を沸《わ》かしていると、インターホンが鳴った。

嫌な予感がしつつドアスコープを覗いた先にいるのは、満面の笑みのホワイトライオン獣人。

心の底から開けたくない……と思ったものの、ついさっき玄関先で出くわしているので居留守も使えない。雪野は渋々、本当に渋々、扉を開ける。

「やあ、愛してるぞ、ユキノ」

「……なんですか、その挨拶」

開口一番「こんばんは」みたいなテンションで言われた愛の言葉の圧が強い。扉を開けたことを早速後悔した雪野は、ふと彼の手元に目を留めた。

「なんですか、その鍋《なべ》」

「肉じゃがだ！　俺の手作りだ」

「はあ……？　あ、ちょっと何勝手に入ってるんですか」

なぜか鍋を持った獅堂が、自信満々の様子で雪野の部屋に押し入ってくる。ダイニングテーブルの真ん中に鍋を置いた彼は、ミトンを外した手を腰に当てて仁王立ちした。

「さあ、どうぞ召し上がれ」

「いや、いらな――」

い、と言おうとして、雪野はぎょっとした。彼の左右の手に一枚ずつ絆創膏《ばんそうこう》が貼ってある。

「か、神の手に怪我してるじゃないですか……！」

「久々に料理をしたからな。でも衛生的には問題ないから安心してくれ。怪我も汁が跳ねて火傷《やけど》したくらいで、仕事には影響ない。それよりほら、たくさんあるから遠慮しなくていい」

ドヤ顔でこちらを見る獅堂の尻尾はピーンと立ち、小刻みに揺れている。これがネコ科獣人のご機嫌サインだということは雪野でもわかる。

正直、ランチが肉じゃが定食だったので、いくら好きでも夜まで同じものを食べたくないし、獅堂の珍行動に振り回されるのも御免《ごめん》だ。

――でも、さすがにこれは断りづらい……。

一応クールと評されることの多い雪野だが、昼間に手作りの肉じゃがの話をし、食事と睡眠以外は研究と勉強と手技練習に費やしていると言った自分に合わせて、神の手に怪我をしてまで手料理を振る舞ってくれた彼を無下《むげ》にするほど冷たい性格にはなれそうにない。

「……いただきます。あの、獅堂先生もご一緒にどうですか」

軽い敗北感を覚えながら二人分の食器を出した雪野に、獅堂は仁王立ちのまま目を瞠《みは》り、じわじわと頬を染めた。

「ホテルのスパもプライベートジェットもシェフの料理もダメなのに、なぜこれはいいんだ……わからない……わからないけど、今後はこの路線で行こう……」

赤い顔で何やら呟いた彼はそそくさと着席し、ペールブルーの瞳を嬉しそうに輝かせて雪野を見つめてくる。

「まったく……五つ星ホテル暮らしなのに、なんでわざわざ俺の隣室に」

「出来立てを食べてほしかったから」

「は？」

「お前の家で勝手に料理するわけにもいかないし、かといって俺のホテルにも誘えない。出来立ての俺の手料理を提供するにはどうすべきかと考えた結果、隣室のキッチンを使えばいいじゃないかと思い至ったわけだ。どうだ？　おいしいか？　おいしいだろう？」

胸を張る獅堂に、雪野はポカンと口を開ける。理解不能だ。なのに、憎《にく》めない。

「……おいしい、です」

「俺のものになってアメリカにお持ち帰りされたくなるくらいおいしい？」

「そこまでではないです」

一刀両断すると、獅堂はいっそう楽しげに目元を緩める。頬杖をついてこちらを眺める彼の手に貼られた絆創膏に視線が行き、雪野は小さく溜息を吐く。料理はおいしいけれど、負傷した神の手に胃がきりきりする。

「そういえば、神の手ってどうなってるんですか」

多少の怪我で消える才能ではなさそうだが、具体的にどんなものなのだろうか。感覚の鋭い獣人たちの中でも抜きん出て優秀だということ以外、一般人には想像もつかない。

「口で説明するのは難しいが……集中すると手に全神経が集まる感じとでも言うべきか。オペ中は手の感覚が特に敏感になって、指先に小さい目玉がついて至近距離で患部を観察できる、みたいな」

「やっぱり桁違いにすごいですね……」

完全に反則レベルの能力だ。しかしだからこそ、いくつもの奇跡と呼ばれるオペを成功させることができたのだろう。思わずまじまじと彼の手を見つめていたら、急にそれが目の前にずいっと差し出された。

「もっと近くで見るといい。触っても構わない」

つい反射的に手を伸ばしかけた瞬間、雪野の手は彼の右手に捕らえられ、手のひら同士を合わせた恋人繋《つな》ぎの形にされる。

びっくりして視線を移した先で、彼は無駄に整った顔に甘い色香を滲《にじ》ませた微笑みを浮かべている。こうして見ると思わずドキッとしてしまう美しさだが、ここで反応したら彼がうるさくなるのは明らかなので、雪野は愛想ゼロの真顔で見返す。

「……何してるんですか」

「相変わらずいい感じの塩対応具合だな。もっとときめいてくれてもいいのに」

「結構です。俺の脳のメモリには恋にときめく余裕とかないので」

ぴしゃりと言って食事を再開させる雪野に、彼は機嫌を損ねるどころか鼻歌を歌いだしそうな顔で箸《はし》を持ち直し、肉じゃがを口に運ぶ。

なんだかんだ彼の手料理はおいしくて、レンジでチンした冷凍ご飯と一緒に食べていたらいつの間にか鍋が空《から》になっていた。食事を終えた彼はおもむろに立ち上がり、ポケットから小さな金属を取り出す。

「これ、隣の部屋の合鍵。ここにしまっておく」

「え、いらないです。使い道ないですし……ちょっと、勝手に棚に収納しないでください」

「遠慮はいらない。俺の合鍵なら持ってるだけで手技上達のご利益があるかもしれないだろ」

何を馬鹿なことを、と言えない功績と神々《こうごう》しさを感じさせるところが腹立たしい。

「まあ基本はホテル暮らしだし、ユキノに会いに来るとき以外はこの部屋は使わないから、普段訪ねてきてくれても俺はいないけどな。あ、でも着替えをいくつか置いておく予定だから、もし寂しくなったら俺の服を持って行ってもいいぞ」

「獅堂先生を恋しくなることはないので結構です」

「ユキノのためなら、俺の匂いのついたものをいくらでも用意してやるんだがな。――ああ、もうこんな時間か。俺はそろそろ帰る」

「あ、はい。ごちそうさまでした。鍋、洗って部屋にお返ししておきますね」

雪野が頭を下げると、彼はにんまりと口角を上げた。

「ありがとう。ほら、やっぱり合鍵の使い道、あるじゃないか」

ぐっと詰まる雪野にウインクした獅堂は、軽い足取りで玄関へ向かっていった。

＊＊＊

翌日は朝十時からフェレット獣人の手術の予定だった。執刀医は獅堂《しどう》、第一助手は茂草《もぐさ》。第二助手に中堅の先輩医師が入り、第三助手には新谷《あらや》が選ばれている。雪野《ゆきの》はただの見学という立場だが予習は欠かさない。自分が執刀するくらいの気持ちでカルテの情報を頭に叩き込む。

「これでよし。他の患者さんも昨夜は特に何もなかったみたいだな」

「おはよう、ユキノ」

「おはようございます――」

朝一で電子カルテをチェックし終えた雪野が廊下を歩いていると、前から獅堂が颯爽《さっそう》とやってきた。挨拶を返そうとした雪野は、彼の背後の人影に気付く。

「笛木《ふえき》さん、どうされましたか？」

そこにいたのは本日まさに手術をするフェレット獣人の男性で、小柄《こがら》なハムスター獣人の奥さんに支えられて獅堂に近付いてくる。

「お忙しいところすみません。手術の説明もしていただき、同意書まで書いたのですが……今回は根治のために難しい手術をされるということで、今さら不安になってきて……」

「ただでさえ膵臓は他の消化器と比べて手術の難易度も高いと聞きますし、主人は大丈夫なのかと……」

笛木夫妻の縋《すが》るような瞳に、目の前の獅堂はきょとんとしている。

――あ、これはまずいやつだ。

先日のカンファレンスで発揮したナチュラルボーン傲慢発言を患者の前でされたらたまらないので、雪野は獅堂の半歩前に出る。そして、まっすぐに夫妻を見据《みす》えた。

「ご自身のお身体のことなので、笛木さんがご不安になるのは当然です。ただ、ご存じかもしれませんが、今回執刀する獅堂先生は世界で活躍する外科医で神の手の持ち主です。類似の症例を国外で経験し、すべてを成功させています」

雪野はひたすら真摯《しんし》な姿勢で、不安げな彼らに向き合う。

「もちろん、治療の方針を選ぶ権利はお二人にありますが――高確率で根治できるチャンスはとても貴重です。できることなら、獅堂先生を信頼して任せてほしいと俺は思います」

ひと昔前にはなかった設備や術式、今この病院でなければ執刀してもらえない術者。それらが揃《そろ》っている状況は、本当に幸運なのだ。

――俺の父さんも、今このタイミングだったら救えたのかな。

雪野が中学生のときに病死した父のことをふと思い出し、目の前の彼らにはそんな思いはしてほしくないとひそかに拳《こぶし》を握る。雪野の真剣な気持ちが伝わったのか、雰囲気を和《やわ》らげた彼らは「どうかよろしくお願いします」と深々と頭を下げて病室へ戻っていった。

「……やっぱり理解できないな。どうして俺が大丈夫だと言ってるのに二の足を踏むんだ?」

夫妻の背中を見送りながら大げさに肩を竦める彼に、雪野は再び無の顔になった。やっぱり彼に喋《しゃべ》らせなくて心底よかったと思いつつ、ジト目で天才を見やる。

俺にはお前が理解できねえよ、という先日のカンファレンスでの誰かの声が頭を過ったが、昨夜健気《けなげ》にも「出来立てを食べてほしかったから」と言って手作りの肉じゃがを持ってきた彼の笑みを思い出したら突き放すこともできず、雪野は深い溜息を吐いた。

「獅堂先生にとっては成功確実な手術だとしても、普通の人には天才の頭の中にあるイメージなんて想像もできないんです。その自信は虚勢じゃないのか、自分が唯一の失敗例になってしまわないか――いろんなことが気になるものなんです」

「俺に任せるのが最善なのは明らかなのに？」

彼のホームであるアメリカの超一流病院には最高レベルのプロたちが集まり、患者の不安はケアの担当者が完璧《かんぺき》にフォローしているので、先程のようなやりとりは発生しないらしい。それ以外の場面でも、彼は高額な報酬《ほうしゅう》で執刀を依頼される立場なので、方針《ほうしん》に口出しされること自体滅多にないのだろう。

「実績から見ても獅堂先生に任せるのが最善だと、理解はできます。でも、頭で理解できても、不安が消えるわけではないです。たとえばバンジージャンプをするとして、これは世界で一番頑丈《がんじょう》なロープだから大丈夫ですと言われても、飛び降りる瞬間は躊躇《ためら》うし怖いと思うのが普通でしょう」

「……そうか、うん、その発想はなかった」

何度も一人で頷いて考えを咀嚼《そしゃく》するような仕草をした獅堂に、雪野は軽い脱力感を覚える。

「あの、仕事でそういう経験がないとしても、ご自身が困ったり不安になったりしたことはないんですか」

「ないな。大抵のことは自分でどうにかできるし、この俺にどうにかできないことは他の人にもどうにもできないから諦めるしかないだろう」

「そうですね……」

嫌味でも誇張《こちょう》でもなく、この人の場合はおそらく本当にそうなのだろう。遠い目をした雪野を見つめながら、彼は妙に嬉しげに頷いている。

「だからそんな発想はなかったし、指摘をされたのも初めてだ。やっぱり俺、ユキノのことが好きだな。俺のものにならないか？」

「なりません」

余計に興味を持たれてしまい複雑な心境ではあるけれど、目の前で嬉しそうに雪野の指摘を反芻《はんすう》する彼を見ていたら、悪い気はしないなどと考えている自分がいる。

――まずい、侵食《しんしょく》されかけている……。これ以上振り回されないようにしよう……。

思考とは裏腹に振り回される未来を濃厚に感じながら、雪野は気を引き締めるのだった。


「いやぁ、さすが天才外科医は実力もあるし見る目もあるんだな」

夜になり、帰り支度を済ませた同僚たちと廊下ですれ違ったときに聞こえてきた会話に、雪野は小さく溜息を吐いた。

先日の獅堂のドン引きカンファのあと、散々文句を言っていた若手医師もその中に入っており、手のひらの返しっぷりに苦笑する。

――まあ、たしかにあのオペ見たら文句は言えないよな。

本日の午前中に行われたフェレット獣人の手術は成功し、術後に行った病変の残存を調べる特別な検査でも、根治できたといって差し支えない結果となった。つまり獅堂はあの理解不能な手術を、患者の体力が持つ時間内で――むしろ一般的なオペよりもかなり短時間で、完璧にやりきったのだ。

「さっき俺のこともリーダーシップがあるって言ってくれたし、茂草先生も第一助手としていい働きだったって褒《ほ》められて誇《ほこ》らしげだったよな」

ドヤ顔で話す同僚たちとすれ違いながら、雪野はラボ室へと足を進める。

――あの人、本当にコンプレックスとか一切ないんだろうな……。

獅堂は天性の傲慢さを持つ一方で、他人を褒めることにも躊躇《ちゅうちょ》がない。他人への妬《ねた》みを少しでも抱《かか》えている者に言われたらわざとらしく感じてしまうであろう褒め言葉も、獅堂に言われると、気のいい王様に褒められたみたいな気分になるらしい。

「すごい人はどこまでもすごいんだよな……自主練しよ」

今日みたいに手術の詰まっている日は見学の身でも疲労が溜まるが、じっとしていられなかった。規格外な獅堂の技術はともかく、今日は彼の勢いに引っ張られて、周りの助手たちまで動きが段違いによかった。

同期の新谷は第三助手だったが、獅堂の手技に刺激された彼は任された仕事で実力を十二分に発揮しており、自分との差を感じさせられた。

「ユキノ、お疲れ。今から帰りか？　一緒に帰るよな」

声がした方向に目を向けると、すでに白衣を脱いで品のよいスーツを身に着けた獅堂が颯爽《さっそう》と歩いてきた。正面まで来た彼は、長身を屈《かが》めて器用に上目遣いをする。

雪野は小さく深呼吸をして意識的に無表情を作った。もともと顔に出るタイプではないので、波立っていた心が悟られることはないだろうけれど。

「なんで断定なんですか……。俺はラボ室に寄るので、お一人で帰ってください」

「ラボ室？　誰かと待ち合わせか？　ちょっと相手の名前と住所を言ってみてくれ」

「違いますし怖いですって。少し自主練するだけです」

じしゅれん、と呟いた獅堂にじろじろと見つめられ、雪野は居心地が悪くなってきた。無駄に整った顔貌《がんぼう》が数センチの距離まで迫《せま》る。

「それ、今日やらないと駄目か？」

「やらないと駄目というわけでは……ただ、今日は全然練習できてないですし」

縫合の練習くらいは自宅でもできるが、ラボ室のシミュレーターでないとできないことも多い。ラボ室の開いている時間帯なら職員は自由に出入りさせてもらえるので、雪野は毎日なるべく時間を見つけて自主練するようにしている。

——それでも全然追いつかない。このままじゃ、いつまで経《た》っても一人前の医者として認めてもらえない。

もっと小さな市中病院に勤めれば執刀のチャンスは増えるが、獣人の症例は大学病院に集中する。その希少な症例を経験するために、大きな病院では回ってくるチャンスが少ないことを承知の上で入局したはずだ。悩んでも仕方ないとわかっているのに、どうしても焦燥感《しょうそうかん》が拭《ぬぐ》えない。

そのとき、俯《うつむ》きかけた雪野の頰に温かなものが触れた。獅堂の両手が雪野の頰をそっと包み、ゆっくりと上を向かせる。すべてを見透かすような瞳と視線が合う。

「でもユキノ、疲れてるだろ？　それに、なんか焦ってる」

「……っ」

「そういうときに憂《う》さ晴らしみたいにしてやった努力は、いい結果を生まない」

「……獅堂先生にも、そういう経験があるんですか」

窺《うかが》うように尋ねると、彼はきょとんとした顔で「ないけど？」と言い放ち、雪野の頰を放した。ないのかよ。

「俺はこの才能を最大限に活《い》かすために、何をすべきで何をすべきではないか、ちゃんと自分をコントロールできるからな。だが俺の周りで潰《つぶ》れていった人たちがそうだったから、知ってる」

「それはそれで説得力がありますね……」

「だろ？　それに今日は俺の執刀を見学したんだ。俺の手術は凡人の頭では処理できない情報量で、かつ真似できる内容ではないから精神的にもへこむ。そんなものを間近で見て疲れないわけがないだろう」

励《はげ》ましの中にも傲慢さを忘れない彼の言葉に、雪野は一周回って力が抜けた。ここまで自信を持ってはっきりと指摘されると、もういっそのこと気持ちがいい。

「なんだ、まだうだうだ考えているなら、こうしてやる」

くるりと後ろを向いた彼は、ダメ押しとばかりに尻尾の先のふさ毛で、雪野の鼻先をこしょこしょとくすぐってくる。

「ふ、ふふっ、やめてくださいってば。でも、そうですね。今日はラボ室には寄らずに帰ることにします」

ぽそぽそした少し硬い感触の毛に遊ばれて、ついに雪野が小さく噴き出すと、彼は嬉しそうにこちらを振り向いた。

「おっ、ものすごく可愛い笑顔だ！」

「……気のせいじゃないですか」

雪野はなんだか胸がむずむずしてしまい、表情を無に戻して踵《きびす》を返す。彼は残念そうな声を出したが、すぐに人懐こい大型犬のように大股《おおまた》でついてくる。

「じゃあ、俺はこれから帰り支度をするので――」

「オーケー、車で送ろう。今夜は唐揚《からあ》げを作ろうか。唐揚げ、好きだよな？」

お疲れさまでした、という前に、彼はわくわく顔で夕飯の算段を始めてしまった。獅堂の手料理を一緒に食べるのは決定事項なのかと突っ込もうとしたけれど、楽しげにくねくねと動く彼の尻尾が視界に入り、まあいいかという気分になってしまう。

「心配しなくても買い物代行サービスで材料はもう揃っているから、帰ったらすぐに作れるぞ」

「………せめてもう少し火傷とかしなさそうな料理にしてください」

「ユキノのそういうところが愛《いと》しいな」

満面の笑みで言われて居《い》たたまれなくなった雪野は、長い脚で追ってくる彼と競歩のようになりながら、自分のデスクへ向かうのだった。

＊＊＊

獅堂《しどう》は気まぐれに雪野《ゆきの》のマンションの隣室を訪れて料理をしては、雪野の部屋に甲斐甲斐《かいがい》しく持ってくる。そのうち彼の方が飽《あ》きるだろうと思っていたものの、もう三週目だ。

いつの間にか雪野のスマホに彼の連絡先が登録されており、最近では当然のように「あと二十分で行く」といったメッセージが来る。雪野が当直の日などは連絡が来ないので、シフトも完璧に把握《はあく》されているような気がするが、もうそのあたりは深く考えないことにしている。

もちろん断ろうとしたこともあるけれど――尻尾をしゅんと垂らした彼に「回鍋肉《ホイコーロー》、嫌いだったか……?」と見つめられるというひたすら胸が痛くなる経験をして以来、雪野に断るという選択肢《し》はなくなった。

「愛してるぞ、ユキノ。久しぶり」

「……久しぶりって、三日ぶりですけど。というか挨拶みたいに『愛してるぞ、ユキノ』って言うのやめてください」

今週も彼は水曜の仕事終わりに手ぶらでどこかへ消え、木金土と音信不通になり、本日日曜の夜にいつもと同じパリッとしたワイシャツを腕まくりしたスタイルで、鍋いっぱいのビーフシチューを愛の言葉と一緒に持ってきた。

彼が東凰《とうおう》にいない日は何をしているのか知らないが、きっとどこにいても自由に生きているのだろう。

「そんなこと言いつつ、俺のぶんまでご飯を炊《た》いてくれてるじゃないか。これはユキノからの『俺も』って返事だと思っていいか？」

「いいわけないでしょう。あ、獅堂さん、そのお皿取ってください」

呆れ顔を作る雪野だが、最初の頃よりも自分の声色がだいぶ優しくなっている自覚はある。しかも「勤務時間外は俺のこと『先生』呼び禁止」と謎の縛《しば》りを設《もう》けられて従っているあたり、だいぶ絆《ほだ》されていることは否定できない。

——初めてここに押しかけられたときは、厄介《やっかい》でしかなかったはずなのに。

米とシチューをよそった皿を持ってテーブルに向かう彼の揺れる尻尾を見て、雪野は自分が頬を緩めていることに気付く。

——むしろ最近、あの尻尾のふさ毛を見ると心安らぐようになってしまっている……。

根を詰めがちな雪野は、たまに獅堂が夕飯を持ってきてくれても手技や論文のことで頭がいっぱいで、オンオフの切り替えができないことがある。そんなときは彼が「ここから先は俺に構う時間だ」と尻尾の先で鼻先をくすぐってガス抜きをしてくれる。すると少しだけ肩の力が抜けて、切羽詰《せっぱつ》まった気持ちが解れるのだ。

若干強引な訪問も、愛の言葉の圧が強い独特な挨拶も、ぽそぽそした尻尾の先の感触も、彼と過ごす時間も。どれもすっかり嫌ではなくなっている——ような気がする。

「ユキノ、おいしいか？」

「はい、非常に」

ビーフシチューをもぐもぐ咀嚼しながら素直に頷く雪野に、彼は白銀の髪をかき上げて美しい顔を綻《ほころ》ばせる。もはや向かいの席から見つめられながら食事をすることにも慣れてきた雪野だったが、今日はどこか違和感を覚えた。

——なんか、獅堂さんが、静か……？

普段なら雪野に「好きなブランドは？」「VIP専用のクラブに連れてってやろうか？」「クルーザーとか欲しくないか？」とどうでもいい質問を投げかけてくる彼が、にこにこと機嫌よさげに微笑んでいるだけだと、それはそれで落ち着かない気持ちになる。

「ええと……獅堂さん、うちの病院にいるとき以外は何をしてるんですか？」

しばらく二人で黙々と食事を続けていたが、あと一口で食べ終わる頃になって雪野がなんとなく切り出してみると、彼は綺麗な瞳をパッと輝かせた。

「ユキノが俺に興味を持っている……！」

「別にそういうわけでは」

「そういえば俺の話をしたことがなかったな。東凰以外では、国内外でオペをしている。今日もアジア圏《けん》から帰国してすぐ、ここに直行したんだが——お土産《みやげ》を買って来るべきだったな」

「いや、お土産は特にいらないですけど……」

獅堂はその「神の手」でしかできないオペをいくつもこなし、すでに一生遊んで暮らせる金を稼《かせ》いでいるはずだ。それに彼は勤勉というよりは悠々自適なイメージが強かったので、まさかそんなにがっつり働いているとは思わなかった。

聞けば、貴重品以外の荷物は配送サービスを利用しているらしい。スーツケースを引いているところも見たことがないため、余計に気付かなかった。

「昨日はウマ獣人の患者だったたな。腸捻転《ちょうねんてん》と腸結石を同時に起こしていたから、それをこう、ササッと」

「そのササッとの部分が大事なんですけど」

獣人の症例はただでさえ少ないので、できることなら話だけでも聞いておきたい。つい前のめりになった雪野に、彼は緩く苦笑を浮かべる。

「でも俺の手がないとできない手術だったから、ユキノの参考にはならないと思うし、また焦った気持ちにさせてしまうかもしれない。ユキノはただでさえ真面目で頑張りすぎなんだから、俺といるときくらい仕事のことは考えない方がいいんじゃないか」

「……もしかして、それで今まで仕事の話をしなかったんですか？」

初めて間近で彼のオペを見学した日に、焦燥感《しょうそうかん》に駆られていた雪野を知っているから、意図的に仕事の話にならないようにしていたのだろうか。休み下手《べた》な雪野を気遣ってくれていたのだろうか。

「んー？　仕事のことよりも俺のことを考えてほしかっただけだ」

雪野の問いかけは甘い笑みではぐらかされてしまったけれど、多分そういうことだ。傲慢でごり押ししているように見えて——実際、最初の頃は本当にただのごり押しだった気もするけれど、いつからか雪野の性格に合わせて、彼はきちんと配慮してくれていた。

胸の奥がきゅんと締め付けられる感覚に戸惑う雪野だったが、獅堂に「興味あるなら昨日の症例について話そうか」と言われて我に返り、簡単に食器を片付けてから再び席につく。

きらきら輝く髪を何度かかき上げた彼は、近くにあったメモ帳に簡単な図を描き始める。

「ウマ獣人は腸の太さが部位によって異なり、複雑に入り組んだ構造で体内におさまっているから、腸が捻《ね》じれやすいし結石もできやすい。このケースはまず——」

いつになく熱心に話を聞く雪野に、獅堂は神の手ならではの術式を説明してくれた。彼の言う通り雪野の参考にはならなかったものの、症例は興味深い。

それに以前は獅堂のオペに飲まれて余裕をなくしてしまった雪野だが、今日は彼の優しい配慮に気付けたおかげか、余計なことを考えずに純粋《じゅんすい》に症例に向き合うことができた。神の手がないと不可能な手術を、自分たちでも可能にするにはどうするべきか――そんなふうに考えると、少しわくわくもする。

「でも身体の構造上、再発の可能性はありますよね？」

いくつか雪野の質問に答えてくれた彼は、途中で不自然なほど何度も前髪をかき上げ、やがてしきりに目を擦《こす》りだした。そこでようやく雪野は違和感の正体に気付く。

「獅堂さん、実はすごく疲れてます……？」

「んー……」

美しい顔にはまったく疲労は滲んでいないものの、今日はここへ来たときから静かだったし、今は明らかに眠そうだ。獣人の体力は人間より優れているとはいえ、国内外を行き来して手術していたのなら疲れるに決まっている。

「気が利《き》かなくてすみません、つい夢中になってしまって……いつもハードワークの合間《あいま》を縫《ぬ》って俺のところに来てくれてたんですね」

「まあユキノを口説きに東凰に来たのは事実だが、他の仕事をないがしろにしているわけじゃないからな。スケジュールを調整して、今まで通りの執刀数をこなしている。せっかく才能があるんだから、この神の手は使い倒すべきだろ？」

うつらうつらしながらそんなことを言う彼に、雪野は切ない気持ちになる。

「使い倒すって、モノじゃないんですから……神の手より、自分を大事にしてくださいよ」

雪野をぼんやりと見つめていた獅堂は、突然テーブルに突っ伏した。びっくりして身を乗り出すと、彼は腕を伸ばして雪野の手を握り、うーうー呻《うめ》いた。

「なんなんですか……大体、こんなに忙しかったなら先に言ってください。知らなかったとはいえ申し訳なさすぎます。もう本当に俺への手料理もいらないですから、今後は休息を優先して――」

「それはやだ……ユキノの胃袋摑みたい……」

「何を馬鹿なことを言ってるんですか。いいから、ベッドを貸すので仮眠していってください」

「ううん……横になったら起きられなさそうだし、三十分だけこのまま休ませてくれ。そしたらホテルに帰る前にさっきの症例の続きを――」

「それはもういいので、ちゃんと休んでくださいってば」

「うう、せっかくユキノが興味持ってくれてるのに……」

何回か雪野の左手をにぎにぎした彼はテーブルに頰をくっつけたまま、やがてすうすうと寝息を立て始めた。

――ほんと、しょうがない人……。

彼の手の力は緩んでいるのに、指先から伝わる彼の体温を、雪野はなんとなく離せない。繋がれた手はそのまま、少し身体を傾けて彼の寝顔が穏やかなことを確認してから、自由な右手で白銀の髪に触れる。見た目より柔らかい長めの髪を撫でてやると、どこからか「ごろごろごろ……」という音が聞こえてくる。

——喉、鳴ってる……。

ネコ科獣人は大人になると、よほどリラックスしているときしか喉を鳴らさなくなる。彼が今喉を鳴らしているのは雪野が傍《そば》にいるからなのか、単に疲れて爆睡《ばくすい》しているからなのかはわからないが、雪野は彼が目を覚ますまで、白銀のたてがみを撫で続けた。

＊＊＊

「大沢《おおさわ》さん、術後の経過も順調で何よりです。退院後もしばらくは安静になさってくださいね」

少し前に獅堂《しどう》の手によって食道切除再建術という高難易度の手術を受けた患者の大沢が、退院手続きを済ませて雪野《ゆきの》たちのところへとやって来た。

「獅堂先生にはいくら感謝してもしきれません。手術時間も短く出血や傷も最小限だったおかげで、この通りとても早く回復し、無事に退院することができました」

「パパ、また一緒にかけっこできる？」

半ズボンを穿《は》いた元気いっぱいの息子に問われ、彼は「もう少ししたらな」と嬉しそうに目を細めている。

「ぼく、パパが入院してるあいだに足速くなったよ。昨日小学校でケイドロやってね、ドロボウを五人捕まえたんだから」

「そうか、パパも鍛《きた》え直《なお》さないと負けちゃうかもな」

獅堂に深々と一礼した大沢は、妻と息子に寄り添われながら病院をあとにした。彼らを晴々とした気持ちで見送っていた雪野は、ふと獅堂に視線を移して首を傾げる。

「獅堂先生、何か心配なことでもあるんですか」

「彼の小学校にはそんなに頻繁《ひんぱん》に泥棒が侵入するのか？　それを子どもが捕まえるのは、あまりに危険ではないか？　この国の治安はどうなっているんだ」

深刻な顔をこちらに向ける彼に、一時停止した雪野はおそるおそる問い返す。

「もしや、ケイドロをご存じない……？」

「けいどろ？」

「もしくはドロケイ」

「どろけい……」

「小学生のときとか、遊びませんでした？」

「俺の通っていた学校には、そういう文化はなかったな」

彼が子ども時代を過ごした国内トップの獣人学校の全寮制の特進クラスでは、勉強やスポーツ、芸術など才能を活《い》かすためのカリキュラムが朝から晩まできっちり組まれており、意味もなく校庭を走り回るような時間はなかったらしい。

まさかと思い雪野が子どもの定番の遊びをいくつか口にしてみると、彼は「かんけり」「だがし」「げーせん」と明らかに初耳な反応をした。一般的な人間とエリートの獣人では本当に育つ環境も違うのだな、と雪野は嘆息《たんそく》する。

「中学までは日本に住んでたが、全然知らなかったな」

少し残念そうに呟いた彼と並んで病棟の廊下を歩いていると、院長が初老の男性を連れてこちらにやってきた。耳や尻尾の柄から、その男性がトラの獣人だとわかる。身なりのいい獣人ということは、何かしらの役職付きの人だろう。

「獅堂先生、ちょうどいいところに。こちら、日本総合医師会の――」

立場的に自分はお呼びでないのは明らかなので、雪野はその場を離れて一人で食堂へ向かう。日替わり定食の野菜炒《いた》めをチョイスして、少し遅めの昼食をとろうと窓際の席に座ると、正面に獅堂が同じプレートを持って腰かけた。

「早かったですね」

「あぁ、くだらない用だった」

吐き捨てるように言った獅堂に、雪野は目を丸くする。マイペースな彼はナチュラルボーン傲慢発言をかまして人をドン引きさせることはあるけれど、基本的に鷹揚《おうよう》な王様然としているので、こうも露骨《ろこつ》に機嫌が悪い姿は初めて見た。

「大丈夫ですか?」

余程よくない話だったのかと眉をひそめた雪野に、彼は小さく息を吐き、顔にかかる白銀の前髪をさっと払った。

「すまない。ユキノが心配するような話ではない。実にくだらない――日本総合医師会の役員とかいうトラ獣人のおっさんの娘との見合いを勧められて、それを断ってきただけだ。俺はフリーランスだから地位とか派閥《はばつ》とか必要ないのに、医師会の上層に席を用意するとかしつこく食い下がってきたから『寝言は寝て言え』と言って逃げてきた」

「うわぁ……」

日本の医学界ではかなりの立場のある相手に面と向かってそんなことを言うとは、やはり天性の傲慢――と慄《おのの》いたものの、なぜか獅堂の方が傷付いたような表情をしている。

「獣人の中でも特に優れた能力を持つ白変種は、遺伝子を欲しがる輩《やから》に種馬扱《あつか》いされることも多いから、こういうことに慣れてはいるんだが……ただ、俺は繁殖用《はんしょくよう》の動物ではない。人としての人格や感情を軽んじるその考えは、最も忌《い》むべきものだと思う」

腹立たしげに鼻を鳴らす獅堂に、雪野は胸が痛くなった。獣人同士の子どもが父と母どちらの種になるかはほぼランダムで、白変種はその中でも生まれにくいとされるが、それでも特別優秀な遺伝子を自分の家系に組み込むために獅堂を欲する者は少なくないだろう。

——俺は獣人に敵わないことが多くて焦ったり苦労したりしてるけど、この人はこの人で「神の手を持つ白変種」として扱われることに傷付いてきたんだな……。

最初の頃は彼のことをコンプレックスの一切ない、理解不能な天才だと思っていたけれど、そういうわけではないのだ。初めて会った日に彼を普通の人のように一喝したことを妙に喜んでいたのも、そういった理由があったのかもしれない。

「不愉快《ふゆかい》な話を聞かせて悪かった。この話はもうおしまいだ。それより俺、今週の日曜は完全にオフなんだ。ユキノも予定はないよな。ユキノの行きたいところややりたいことに付き合おう」

口に出したら気持ちが軽くなったのか、彼はすっかりいつもの自信家の顔に戻った。相変わらず雪野のスケジュールもさらっと把握《はあく》している。

「あぁ、でもユキノは休日も勉強や手技の自主練をするのか。それなら俺はそんなユキノの部屋の片隅に座り、お前を見守り応援しよう」

「やめてください」

独特すぎるオフの過ごし方を提案してくる彼に、雪野は長く息を吐く。そして、これから言う言葉に照れが滲まないように、努めて無表情を作る。

「午前中は自分の勉強に充《あ》てるので、来ないでください。午後は——獅堂先生に時間があるなら、駄菓子屋《だがしや》でも行きますか」

「だがしや」

「少しくらいならゲーセンとかで遊んでもいいですし」

「げーせん」

雪野もびっくりの無表情になった獅堂は、徐々に言葉の意味を理解したらしい。瞳がきらきらと輝きだし、尻尾がゆっくりと上向いて、最後にピーンと立ち上がった。ネコ科獣人、大喜びのサインである。

「デートじゃないか！　デート！」

「いえ、デートではないです」

一刀両断する雪野の声は聞こえていないのか、彼は上機嫌で野菜炒めを食べ始めた。


「待たせたな」

日曜の昼下がり、光沢《こうたく》のある白いスーツにダークグレーのシャツ、ワインレッドのネクタイで決めた彼が迎えに来た。

モデル顔負けの着こなしに一瞬目を奪われたものの、本日の目的地を思い出してすぐに後悔した。駄菓子屋とゲーセンについてもっと詳しく説明しておけばよかった。

「あの……駄菓子屋はうちの裏通りにあるんですけど、道路が狭いのでとりあえずリムジンにはお帰りいただいてください」

「そうなのか？　たしかに徒歩のデートもいいな」

「だからデートではないです」

自分が普通のTシャツとジーンズを着ていることに逆に申し訳なさを感じつつ、雪野は彼を先導する。この付近に住み始めたのは就職してからなので、駄菓子屋の中に入ったことはないけれど、たまに通りかかるので場所は知っていた。

「へぇ、こんなところがあったのか」

獅堂は雪野のマンションに行き来しているものの車移動が多いようだし、買い物も代行サービスを使っているため、普段関わりのないスポットのことはさっぱり認知していなかったらしい。歩きながらきょろきょろと辺りを見回している。

角を曲がると昔ながらの店構えが見えてきて、二人は古びた入り口から中を覗いてみる。想像通りのどこか懐かしい売り場が広がっている。

「……このエリアだけ物価が違うのか？」

不安げに商品の値札と店主の老婦人を交互に見る獅堂に笑いそうになりつつ、雪野は「これとかおいしいですよ」と袋に入ったおつまみ系の菓子を手渡す。

「ユキノはこれが好きなのか」

「別にこれが特別好きなわけではないですけど」

「それならどれが好きなんだ？」

「ええと、おすすめはこれと、それと……」

こんな機会でもなければ彼は駄菓子屋に来ることなど一生ないだろうし、せっかくならいろいろ食べてみたいだろうと思い、雪野は幼少期に好んでいたものを勧めてみる。真剣に雪野のおすすめを聞いていた彼は、長い脚で店主のもとへ向かい、ブラックカードを突き出した。

「店主、この棚からあの棚まで、すべて売ってくれ」

「何してるんですか。というか、セレブの『ここからそこまで全部』でこんなに残念な感じになることってあるんですね……」

「お兄さん、うちはカードとか使えないのよぉ」

「そうですよね、すみません……ほら、獅堂さん。俺が各種一個ずつ買いますから、それで我慢してください」

ビニール袋に適当に菓子を詰めてもらって店を出ると、隣を歩く獅堂がどよんと曇《くも》った顔をこちらへ向けた。

「なんか価格帯がおかしかったとはいえ、ユキノの好きなお菓子は俺が全部買ってあげたかったのに」

「……おすすめを聞いてきたのってそういう意味だったんですか。別にいいですよ、駄菓子くらい自分で買えますし」

プレゼントチャンスを逃して項垂《うなだ》れる男を横目に、雪野は苦笑混じりに小さなチョコの菓子を開けた。

落胆《らくたん》する彼を放っておけなくなっている自分に、すっかりほだされているなぁと溜息を吐きつつ、まだ何かもごもご言っている彼の口に甘い塊《かたまり》を放り込む。

「えっ……ユキノが『あーん』してくれた……?」

目を丸くした彼は、行儀よく口の中のチョコを咀嚼して飲み込んだあと、雪野をしげしげと見つめてくる。

「いいから次、ゲーセン行きますよ」

改めて言われると自分らしくないことをしてしまった気がして、照れくさくなった雪野は早足で歩道を進む。長い足ですぐに追いついてくる彼と競うように歩き、気付けば一駅先にあるゲームセンターについていた。

「今度こそユキノの好きなものを買ってや……る……」

気迫十分に店内へと足を踏み入れた獅堂だったが、その店はクレジットカードも電子マネーも非対応で、彼の意気込みは虚《むな》しく散った。

「ああもう、獅堂さんに奢《おご》ってもらうために連れてきたわけじゃないんですから——あ、ちょっとこっち来てください」

打ちひしがれる獅堂に肩を竦めた雪野は、彼をクレーンゲームの前まで引っ張り、コインを投入する。子どもの頃に何度か遊んだ記憶を辿《たど》り、雪野が手元のバーを操作すると、あと一歩というところに引っかかっていたライオンのぬいぐるみが無事に景品出口に落ちてきた。

ワンコインで取ることができた自分の腕前に軽く胸を張った雪野は、茶色くて丸っこいライオンを手に取って彼に差し出す。

「これ、あげますから。機嫌直してください」

「……俺と同じ、ライオンだ」

それを受け取った彼の色素の薄い瞳が、きらきらと輝きだす。

澄んだ海みたいな虹彩に喜びの色が広がっていくのが、妙に嬉しかった。思わず見惚《みと》れた雪野は、彼の瞳の中央に映《うつ》る自分の顔を見つけてハッと我に返る。

――な、何うっとりしてるんだよ、俺……！

医師免許を剝奪《はくだつ》されそうなレベルの呆《ほう》けた表情をしていた自分をごまかすように、雪野は咳《せき》払《ばら》いをして冷静な顔を作る。

「ホワイトライオンはいなかったですけどね。漂白剤に浸《つ》けてみますか？」

「真顔で怖いことを言わないでくれ……」

ライオンを守るようにぎゅっと抱き締めて怯《おび》える彼に、雪野は「冗談ですよ」と小さく噴き出す。

「ありがとう、ユキノ。こんなに嬉しいプレゼントは初めてだ。俺の宝物にする」

「大げさな。プレゼントなんて腐るほどもらったことあるでしょう」

それの値段にゼロが三個か四個上乗せされたやつを、と呆れる雪野に、彼はふわっと目を細めて笑う。

「『俺』のためにプレゼントをしてくれたのは、ユキノが初めてだ」

幸せそうな彼の笑顔を見ていたいのに、彼を見ているとそわそわする。目を逸らしたいような、逸らしたくないような、落ち着かない気持ちになる。

——獅堂さん、普段は得意満面って感じの笑顔だけど、自然に笑うと眉尻《まゆじり》が下がって甘えたような表情になるんだな……って、だから何じっくり観察してるんだ俺は！

しかもそんな彼の普通の好青年みたいな笑顔に鼓動が速まった、なんてことは断じてない、はずだ。

「せっかく外出したことだし、夕飯は俺のおすすめの店に行かないか？　デートの締めくらいはかっこつけさせてくれ」

「だ、だからデートじゃないですってば！」

「ユキノ、顔が赤い。照れてるのか？」

「照れてないです！　変なこと言わないでください」

耳が、頬が、なぜか熱くなって、雪野は慌てて彼からぷいっと顔を逸《そ》らす。

「あっ、可愛いんだからそっぽを向かないでくれ」

「だから……！　だから……！」

まだ熱の引かない顔で抗議しようと振り向くと、すかさず顎に手を添えられて顔を持ち上げられる。

「で、俺の名誉挽回《ばんかい》のために、ディナーの誘いは受けてくれるか？」

「……それは、まあ、ごちそうになります」

雪野は渋々、本当に渋々――という表情を頑張って作って、首を縦に振った。

店の名前を聞いて「俺、Tシャツにジーンズなんですけど」「貸し切りにすればいいだろう」という会話が繰り広げられ、頷いたことに若干後悔したけれど。

＊＊＊

その日、雪野《ゆきの》は当直明けだった。特にトラブルもなく一夜を終えて帰宅し、少し眠ってから家事を済ませる。

ひと段落したところでスマホを手に取り、先日彼が送ってくれた画像を眺める。獅堂《しどう》の滞在しているホテルの部屋のベッドサイドに宝石で飾られた特注の祭壇《さいだん》のようなものがあり、その中央に雪野があげたライオンのぬいぐるみが鎮座《ちんざ》している。

――ふふ、本当に大げさだよなぁ。

でも、それだけ嬉しかったということなのだろう。ワンコインで取られたくせにどこか誇らしげな顔で飾られているライオンを見るたびに、彼の屈託《くったく》のない笑顔を思い出し、口元がにやけてしまう。

「って、この画像眺めてると、なぜかわからないけど無限に時間が経過するんだよな……」

ぼんやりしている暇があったら、勉強や手技の練習でもするべきだ。雪野は気を取り直して、自分の関わった症例をまとめたノートを見ながら復習する。

ふと、ウマ獣人の症例のところで手が止まる。先日、獅堂が眠気を堪《こら》えながら話してくれた内容も、雪野はきちんと整理してノートに写していた。

――今日は獅堂さん、国内での仕事だったよな。

ついそわっと時計を見てから、彼は明日の朝早くから海外だと言っていたことを思い出す。

「次に会うのは月曜のカンファか。はぁ……」

今、独り言《ひとりご》ちた声に残念そうな響きが含まれていたような気がする。しかも勉強をしていたはずなのに結局獅堂のことを考えていた。

――手を動かそう、手を。

雪野は練習キットを取り出して無心で縫合練習をし始めた。結果、夜には大量の糸結びが生まれていた。

――ま、まあ、いい練習になったな。プロとして、無意識でも手を動かせるのはいいことだ。

テーブルの上を片付けながら一人で言い訳していると、隣の部屋から小さな物音がした。おや、と思いスマホを確認したものの、特に連絡は来ていない。気まぐれにここを訪れた彼が「愛してるぞ、ユキノ」と例の挨拶をしてくるのかとも思ったがそんな気配もなく、生活音もまったくしない。

「気のせいか？　なんか気になるな……あっ」

そういえば一昨日《おととい》一緒にカレーを食べて、洗った鍋を返していなかった。これを持って行くついでに部屋の様子を見てくればいい。

「獅堂さん……？」

念のため玄関を開けながら呼びかけるも、返事はない。しかし見下ろした先に彼の上等な革《かわ》靴《くつ》が置いてある。獅堂はたしかにこの部屋にいるのだ。

――呼んでも返事しないってことは、入らない方がいいのか……？

合鍵を渡されているとはいえ、こういう場合に勝手に入ってよいものかと悩む雪野の耳に、低い呻き声が聞こえた。

「獅堂さん⁉」

返事をしなかったのではなく、体調不良でできなかったのではないか。そう判断した雪野は慌てて靴を脱ぎ、フローリングを蹴って部屋の奥へと駆ける。いつもはホテル暮らしの彼の部屋は相変わらず生活感がなく、必要最低限のものしか置いていない。

声のした寝室に直進すると、大きなベッドにぐったりと横たわる彼を発見した。

「獅堂さん、大丈夫ですか⁉」

「ユキノ……？」

「顔が赤い……熱は測《はか》りましたか？　症状は――うわっ」

彼の額に手を当てた瞬間、雪野の視界は反転した。背中にベッドのスプリングを感じたときには、息を荒らげた獅堂に上から覆《おお》いかぶさられていた。

「わ、何するんですか！　んんっ」

起き上がろうとした雪野の両肩は信じられないくらいの力で押さえつけられ、彼の唇で口を塞《ふさ》がれる。ネコ科獣人のざらりとした舌が歯列をなぞり、奥へと押し入っていく。

――口内が熱くて、瞳が少し充血してる……発情の症状だ。

突然の出来事に真っ白になりかけた頭を必死に回転させて状況を把握《はあく》したのはいいが、彼の胸を押し返してもまったく動かず、むしろ逆らうように口づけが深くなるばかりだ。

熱に浮かされた彼はおそらく夢と現実の区別がついていない。普段の悠然とした態度からは考えられない荒々しい動きで雪野をいとも簡単に組み敷く。

「獅堂さん、抑制剤《よくせいざい》は飲ん――やっ」

ようやく唇が解放されたと思ったら、首筋に歯を立てられる。ライオン獣人に全力で噛まれたら食いちぎられてしまうのではという恐怖と、それとはまた別のぞわりとした感覚が胸の奥から湧き上がり、雪野は戸惑いながらも必死に抵抗する。

「ユキノ……」

「あ……っ」

彼の胸を押していた雪野の両手は、大きな左手にひとまとめに握られて頭の上で拘束された。甘い低音を耳に直接吹き込まれて小さく震える雪野の服を、彼は空いている手で胸元までたくし上げる。少し汗ばんだ肌を、彼が右手の指先でなぞる。

脇腹から胸へと到達した指が、雪野の胸の飾りをいたずらに弾《はじ》く。

――落ち着け、これは本来の獅堂さんの意志ではない……！

頭では理性がそう訴《うった》えかけてくるものの、快楽に不慣れな雪野の身体は彼に触れられるたびに従順に高まってしまう。

「ユキノ、可愛い」

「あ……ん……っ、だめっ」

雪野は下腹を撫《な》でられ、羞恥《しゅうち》で顔がかぁっと赤くなる。触れられてしまえば、熱の溜まったそこが硬くなっていることは明らかだ。布越しに性器を揉《も》まれ、次第に身体に力が入らなくなっていく。

「や……っ」

部屋着のズボンをずるりと降ろされて、恥ずかしい染みのできたボクサーパンツが露《あら》わにさ

れる。反射的にそこを隠そうと内股《うちまた》になると、雪野から一瞬離れた彼は、自らのズボンの前を寛《くつろ》げて再びのしかかってきた。

「ユキノ、愛してる。お前は俺のものだ」

「獅堂さん……」

涼しげな色の瞳に淫《みだ》らな熱を孕《はら》ませた彼に見つめられ、雪野の心の奥底にある情欲に火が灯《とも》る。きゅん、と身体の奥が疼《うず》いたものの、不意に先日医師会の役員と話したあとの彼の不機嫌な姿が頭を過り、雪野は我に返った。

あのとき獅堂は、自分は動物ではないと、人としての人格や感情を軽んじる考えは最も忌《い》むべきものだと、傷付いた表情で言っていた。発情の症状で朦朧《もうろう》としている状態で、本能に任せて雪野の身体を暴《あば》いてしまったら、彼は正気に戻ったときに、きっとひどく後悔する。

「だ、ダメです――!」

強く抱かれて逃げられないが、咄嗟に下着だけは死守しようと、雪野は穿いているボクサーパンツの端を握り締める。大型獣人の力には敵わないので、暴力に訴えられたら終わりだと思ったけれど、彼は甘く笑んで雪野の頭を撫でてきた。前後不覚の状態でもどこか優しい彼の心根に小さく安堵《あんど》したものの、太腿のあいだに剛直を当てられて息を詰める。

「……っ」

そのまま前後に腰を動かされ――いわゆる素股《すまた》の状態に、頭が沸騰《ふっとう》したみたいに熱くなる。

こんなの、ほとんどセックスだ。混乱しているにもかかわらず、彼の性器が腿《もも》の内側の際どいところを行き来するたびに、雪野の身体は悦《よろこ》び浅ましく反応する。どうしようもない熱が湧き上がり、快楽の階段を駆け上がっていく。

「ユキノ、ユキノ……!」

「あっ、だめ——」

がぶ、と肩口を強く噛まれ、雪野は痛みと快楽の狭間《はざま》で身体を小さく痙攣《けいれん》させた。軽く極まった雪野の性器が下着の中にとろりと精を漏らすのと同時に、腿に熱い飛沫《ひまつ》がかかる。

互いの乱れた呼吸の音だけが響く部屋で放心していた雪野は、いつの間にか獅堂の体温が離れていることに気付いた。雪野が滲んだ涙を拭《ぬぐ》って起き上がると、真っ青な顔をした彼と目が合う。

「獅堂さ——」

「……俺、ユキノになんてことを……ごめん」

一度射精したことで症状が軽くなったのだろう。正気に戻った彼はのそりとベッドを降り、床に腰を下ろして俯いた。発情に支配された自らの行動に打ちのめされている姿が痛々しい。

「怖かったよな……軽蔑《けいべつ》したよな。自分でも獣人の本能がたまに心底嫌になる。理性を失《な》くした俺は、まるで動物みたいだっただろ」

「そんなこと——」

「帰ってくれ。もともとユキノが来てくれるとは思ってなかったし、看病を望んでいたわけじゃないんだ。ただ少し、ここでユキノの部屋の物音を聞いて安心したかった……それだけだったのに」

「獅堂さん……」

床を見つめたまま自嘲《じちょう》気味に笑う彼に、胸が苦しくなる。雪野も動揺してはいるけれど、今は彼を落ち着かせるのが先決だ。考えるよりも先に、心がそう判断した。雪野は軽く深呼吸をして、表情と衣服を整えてからベッドを降りる。

「でもこんなことをした俺が隣の部屋にいることすら恐ろしいよな」

「獅堂さん」

「悪かった。俺もすぐに出て行くから——」

「獅堂さん、こっち見てください」

暗い瞳をこちらへ向けた獅堂は、正面に腰を下ろした雪野のスンとした真顔を見て目を丸くした。

「びっくりはしたけど怪我とかもしてないですし、症状を心配こそすれ軽蔑なんてしません。これが獅堂さんを怖がってる顔に見えますか」

「あぁー……もう……」

瞬間、獅堂はくしゃっと歪《ゆが》めた顔を手で覆って呻いた。表情は見えないものの先程までの悲愴感はなく、肩の力が抜けているのがわかる。

「薬、飲みましたか？　まだなら市販薬を買ってきます」

「いや……薬は飲んだ。症状も、だんだん治まってきてるから大丈夫……」

「そうですか。俺、帰った方がいいですか？　必要なら水とか冷却《れいきゃく》シートとか持ってきますけど」

あえて淡々と問う雪野に、彼はしばらく躊躇ってからゆるく首を横に振って顔を上げた。

「もし本当に、本当にユキノが大丈夫なら、もう少しここにいてほしい」

「わかりました。でも獅堂さん結構汗をかいてたので、とりあえずミネラルウォーターを持ってきます。すぐに戻るのでベッドに入っておいてください」

消え入りそうな声で言う彼の言葉に頷いた雪野がてきぱき指示をすると、獅堂はようやくふっと笑った。

「——今日のオペで、患者の獣人女性が手術中に発情期になったんだ」

水分補給を済ませた獅堂は雪野の指示通り横になり、ベッドサイドに椅子を置いて腰かける雪野の方に身体を向ける。

「病気のストレスで周期が乱れたみたいで、予定外のことだった。俺のオペは感覚とスピードが命だから手術は中断できないし、俺自身も集中してるときは平気だったから最後まで問題なく終えることはできたが……」

手術は無事に成功したものの、オペ中ずっとフェロモンを浴び続けた獅堂は、そのあと抑制剤を飲んでも調子が戻らなかったらしい。そして心細くなった結果、雪野の隣室に帰ってきてしまったと健気なことを言われ、胸の奥がきゅうと締め付けられる。

「それは……大変でしたね」

「自分で適当に処理すればよかったんだが、発情に支配されているみたいでどうも嫌なんだ。もちろん恋人同士がフェロモンをスパイスにそういう行為をするのは、得られる快感も強いしコミュニケーションとしても悪くないとは思うが――」

獅堂の考えに首肯《しゅこう》しつつ、雪野はふと、彼が甘い匂いを発しながら獣人の女性と求め合う姿を想像してしまい、胃のあたりがずしんと重くなった。愛し合っている者同士が合意の上でするなら問題はないのに、なぜか喉の奥から苦いものがこみ上げてくる。

「なんの脈略もなくただ本能を刺激されて、動物的に身体が反応するのは耐えがたい。大抵は薬が効くまでじっと耐えていれば治まるんだが、今回は服用するまでに時間がかかりすぎたせいで、なかなか回復しなくて」

朦朧《もうろう》としていたら雪野が現れて、都合のいい夢かと思って襲ってしまった、と彼は目を伏せた。妙なことを考えてもやもやしていた雪野だったが、不安定な獅堂を前に我に返り、冷静さを取り戻す。

「そんな顔しないでください。体調不良で周りに迷惑かけることなんて誰にでもあることです。

俺も昔、学校で高熱出して保健室の先生の白衣にゲロったことありますし」

「その喩《たと》えしかなかったのか……？」

「獅堂さんはいつもの自信満々な顔で傲慢なことを言ってる方が似合いますよ」

「俺、傲慢なのか……？　でも、ユキノのしれっとしてるのになんだか親身な表情、安心する
……ユキノは患者を落ち着かせるのがうまい、いい医者だな」

安心したように目元を綻ばせる彼を見て、雪野は自分がクールと評される表情の持ち主でよかったと思い、そこでハッとした。

——違う。もともとは、父さんを真似たんだった。

イヌ獣人の父はいつだってクールで淡々としていた。こつこつと努力をする真面目な性格で、どんな状況でも落ち着いた態度を崩さず、誰が相手でも真摯《しんし》に向き合って安心させる。そんな父がかっこよくて、幼い雪野はよく彼の真似をしていた。

「ありがとうございます。俺の父が、そういうタイプの医者でした」

「お父様も医者だったのか」

「はい。俺は母の性質を受け継いだので人間ですけど、父はイヌ獣人で——俺が中学生のとき、当時まだ治療法がなかった獣人特有の病で亡くなりました」

父は病を患《わずら》い入院してからも冷静に現状を受け止めていたが、中学生になったばかりの雪野が見舞ったある日、たった一度だけ彼は弱音を零《こぼ》した。そこで雪野は、病が怖くない人なんて

いないのだという、当たり前のことを思い知った。

――それで俺は、状況や相手に左右されず、落ち着いた態度で患者と真摯に向き合う父さんみたいな医者になろうと思ったんだ。

昔から父に憧《あこが》れていたので、医療の道に進みたいと思い勉強はしていたものの、明確な将来像を描いたのはあの瞬間が初めてだった。

当時の雪野は黙って父の手を握ることしかできず、結局父は翌年には亡くなってしまったけれど。切ない思いとともに生まれた決意は、何度も雪野の心を支えてくれた。

「だから俺は父のような医者を目指すようになり、人間と比べて治療が難航しがちな獣人のための医療にも強い東凰《とうおう》に入局したんです」

希少な症例を経験したかったのも、市中病院と比べて執刀のチャンスが少ない大学病院をあえて選んだのも、もとはそういった理由からだ。

――一人前の医者として認められなきゃって目標ばかりが先行して、忘れかけていたけど。

高校、大学、研修医、とステップが上がるにつれて優秀な獣人に追い抜かれることが増え、いつの間にか目標を追うことで頭がいっぱいになっていた。もっと頑張らなくては、とそればかり考えて余裕をなくして、大切な思い出も見えなくなっていた。だから毎日、どこか苦しかったのかもしれない。

「そうか。素敵な夢だな」

徹夜《てつや》で勉強をした明け方の机の上みたいに、必死になるあまり散らかしてしまった心の中が、ゆっくりと整っていく。目の前の現実に蹴散《けち》らされた夢の欠片が集まってよみがえり、月明かりのような優しい光を放って道しるべができる。

「はい。絶対に叶《かな》えたい、素敵な夢です」

穏やかな声色で放たれた彼の言葉に、雪野は清々《すがすが》しい気持ちで頷く。明日からは、新しい気持ちで頑張れそうな気がした。

「獅堂さん、明日の仕事、延期にはできないんでしょう？　だったら、さっさと寝てください。ちゃんと傍にいますから」

次第に眠たげに目をとろんとさせた獅堂の顔の横に肘《ひじ》をついて、雪野は白銀の柔らかな髪を撫でてやる。気持ちよさそうに目を細めた彼は、そっと瞼《まぶた》を閉じた。集中力が必要な執刀のあとに発情まで起こり、身体的にも肉体的にも疲れているのだろう。

「ん……傍にいてくれて、ありがとう、ユキノ」

穏やかな表情で呟いた獅堂は、すやすやと寝息を立て始める。

「傍にいてくれてありがとう、は俺の台詞《セリフ》ですね」

髪を撫でてやるたびに喉を鳴らす彼に、雪野はそっと微笑んで、その寝顔を見つめ続けた。

翌日、雪野がラボ室を訪れると、シミュレーターで手術の練習をしていた新谷《あらや》と出くわした。

「あっ、雪野くん。このシミュレーター使うよね。僕、すぐ退《ど》くから」

「あぁ、いや――」

今まで雪野は、優秀な獣人として一歩先を行く新谷と気軽に会話する心の余裕がなかったし、あまり親しくなると劣等感《れっとうかん》や妬《ねた》みが顔を出しそうだったので、彼とはあえて少し距離を置いていた。

新谷は新谷で根本的に気が弱く、そんな雪野のぎこちなさを察知してか、もしくは毎回自分が先にステップアップしてしまうことに遠慮してか、近付いてこない節があった。

でも――と雪野は彼にゆっくりと歩み寄る。ここ数年、焦るあまり狭《せま》くなった視野を広げたいと、今は自然に思えた。

「新谷、手技がすごく巧《うま》いよな。少し見ててもいいか？」

「えっ……うん！」

雪野がお願いしてみると、彼は目を大きく瞠《みは》り、嬉しそうに頷いた。最初は少し緊張したのか手先がブレていたが、それもすぐに修正され、彼は的確にシミュレーターを操っていく。

獣人特有の勘のよさと、それに驕らぬ努力に裏打ちされたよどみない動きに悔しさを感じないわけではないけれど、それ以上に素直に尊敬の念も湧いてくる。

「やっぱり巧いな……家でもトレーニングしてるのか？」

「う、うん。最近は海外の獣人が開発した最新のシミュレーターを買ったよ。練習キットとアプリが連動してて、アプリの画面でリアルな映像を見ながら手元のキットを動かすんだ。個人用にしては高かったけど、手の出ない値段ではないし」

「そんなのがあるのか」

身を乗り出した雪野に彼はびっくりしていたけれど、すぐに販売サイトを教えてくれた。多少値は張るものの、雪野はその場で購入ボタンを押す。即決っぷりを見た新谷が「決断、早っ」と笑った。

＊＊＊

本院から赤城葉月《あかぎはづき》という名のキツネ獣人がやって来たのは、その翌週のことだった。クマ獣人の外科部長が事故に遭《あ》ったため、しばらくのあいだは彼が部長代理を担当すると、全体カンファレンスで院長が紹介してくれた。

「あの若さで教授かぁ……」

それぞれのデスクに戻ってチーム回診の準備をしながら、ふと誰かが呟いた。周りも同じことを思ったようで、みんな一様に頷く。ふわっと柔らかそうな赤茶色の髪を軽く後ろに流した赤城は優しげな顔貌で、年齢もおそらくまだ三十代前半だが、その振る舞いは威風堂々《いふうどうどう》としていた。

「本院の院長の甥《おい》らしいですけど、臨床・研究ともに評価が高い実力派だそうです」

「折衝力《せっしょうりょく》もあって、他院や医師会とも強いコネクションを持ってるみたいだな」

「へぇ、オールラウンダーって感じですね」

一緒に廊下に出てからも赤城の噂話《うわさばなし》を続ける茂草《もぐさ》と新谷に、雪野も相槌《あいづち》を打つ。

「あ、獅堂《しどう》先生と赤城教授だ」

新谷の指す方向を見ると、廊下の片隅に二人の姿を発見した。茂草と新谷が興味津々《しんしん》の様子で立ち止まったので、雪野もつられて聞き耳を立ててしまう。

「獅堂と一緒になるのは僕がアメリカに留学したとき以来だね」

「そうだな。親戚が日本の大学病院にいるとは聞いていたが、まさかこの病院だったとは思わなかった」

「僕もまさか君が東凰《とうおう》に来るとは思わなかったよ。どうしてうちの、しかも分院に？」

どうやら二人は面識があるらしい。獅堂と対等にやりとりしているあたり、赤城も相当優秀なのだろう。

「なに、天才の気まぐれってやつだ。それより赤城、少し顔色が悪くないか？」

「あぁ……実は従妹《いとこ》が職場で人間の男に恋をしたらしくてね。叔父《おじ》も僕も頭を悩ませてるんだ」

「従妹もキツネの獣人だったか？　もう大人なんだし、恋愛くらい好きにさせてやれよ」

「でももしうまくいって結婚したいとか言い出されたら困るよ。もったいなさすぎると思わない？　まったく、叔父のところはひとりっ子だっていうのに……」

ほとほと困り果てた顔で頭を抱《かか》える赤城の言葉は、雪野たち人間にとってはあまり気分のいいものではないけれど、まあまあ耳にする一般論だ。普段なら「そういうのを気にする獣人もいるよな」と流せるのに、今日はそれが妙に雪野の胸に刺さる。

――獣人と人間が恋したっていいだろ。

ぐるぐると考えだしたら胸の奥の違和感が強くなってきた。雪野が思わず足を止めると、新谷が心配そうにこちらを覗き込んで、小声で話しかけてくる。

「院長クラスの家系の獣人だといろいろとしがらみがあるのかもしれないけど、獣人と人間だって幸せに暮らしてる人はたくさんいるし、僕はそんな恋愛も素敵だと思うよ！」

「えっ……」

まるで心の中を読んだみたいな新谷のフォローに雪野は目を瞠ったが、続く言葉にさらに頭を抱えることになる。

「ほら、雪野くん、ご両親が獣人と人間だってこのあいだ言ってたから気になって。あ、僕が気にしすぎてるだけだったらごめんね」

真顔のまま固まった雪野の感情が読めない新谷はおろおろして眉を下げた。しかし雪野はどんな顔をしたらいいかわからず一周回って真顔になっただけで、内心では激しく動揺していた。

――今、父さんと母さんじゃなくて、俺と獅堂さんで考えてた……！

本来なら自分は新谷が気遣ってくれた通り、獣人と人間の夫婦である両親を否定されたような気持ちになるべきだったのだ。それなのに、自分と獅堂の恋の行方を想像して胸を痛めていた。これではまるで、獅堂のことを好きみたいではないか。

「いや、気遣ってくれてありがとう。俺、ちょっとトイレ寄ってくから、先に行っててくれ」

雪野はなんとかそれだけ返してせかせかと早足で歩きだす。「雪野くん、トイレそっちじゃないよ」という新谷の焦った声が背中にぶつかって消えた。

＊＊＊

日曜に溜まった家事を済ませた雪野《ゆきの》が机に向かって論文を進めていると、インターホンが鳴った。配達員から荷物を受け取り、早速開封する。新谷に教えてもらった手技シミュレーターが届いたのだ。

標準的な人間の腹部を模したキットをまじまじと眺め、同封されていた説明書に従って手持ちのタブレットとアプリを同期する。タブレットを見ながら手元のキットを動かして手術を疑似体験できる仕組みのそれはかなりリアルで、切除や縫合の感覚も掴めるうえに繰り返し使える優れものだ。しかも腹腔鏡《ふくくうきょう》手術にも対応している。値段も張ったが、コスパは悪くない。

一通りの設定を終えたところで、テーブルの上のスマホが鳴動した。

「ん？　いきなり電話は珍しいな。うちに来るときは先にメッセージを送ってくれるけど、何かあったのかな、獅堂《しどう》さん――」

そわっとしながらスマホに飛びついた雪野は、母の名前が表示されているのを見て赤面した。

――うぅ、これじゃあ獅堂さんからの連絡を心待ちにしてたみたいじゃないか……。

火照《ほて》った顔を手でぱたぱたと仰いだ雪野が通話のアイコンをタップするなり、はきはきした声が耳に届いた。

地方の小学校で教頭を務めている彼女は、相変わらず明朗快活な口調で挨拶がてらざっくりとした近況を話してくれる。

『――というわけで、ご近所さんに貰《もら》いすぎちゃったお野菜を送るから、荷物が届いたら受け取ってね。どっさりあって、パパの仏壇《ぶつだん》にも人参とか大根をごろごろお供えしてるのよ』

アハアハ笑う彼女の言葉に、生前はクールな表情とは裏腹に母の全肯定ｂｏｔだった父を思い出す。彼なら真顔で「ヘルシーでいいと思う」などと言いそうだと想像してふっと笑いを漏らした。

イヌ獣人の父は知的で冷静な人だったけれど、母の前では尻尾をぶんぶん振っていた。幼少期にうっかり父の尻尾に近付いてしまい顔面を往復ビンタされた記憶までよみがえってきて口元が緩む。

獅堂も見た目は自信に満ち溢れた王様のような男なのに、嬉しいことがあったときはふさ毛のついた尻尾をピンと立てて喜びを滲ませるところが微笑ましかったりする。

『瑠依《るい》への荷物にも段ボールいっぱいに詰めちゃうけど、頑張って使いきってね』

「ふふ、うん、わかった。ありがとう」

過去にも何度か大量の野菜が送られてきて消費するのに苦労したけれど、今回は獅堂にもお裾分《すそわ》けすればいい。むしろこれを口実に、自分が彼に何か作ってみようか。雪野が作った夕飯を食べてほしいと言ったら、獅堂はどんな顔するだろう。

『あら？　前は「そんなに送られても使いきれない」ってぼやいてたのに、今日は随分《ずいぶん》嬉しそうね』

「えっ」

指摘されて顔がぶわっと赤くなる。また無意識に獅堂のことを考えていた。彼は雪野の職場と隣室に押しかけたのみならず、いつの間にか雪野の心にまですっかり居座ってしまった。

先日の発情の一件のあとも、獅堂が気に病まないようにと思い、雪野は普段通りのつれない態度で接している。彼もそんな雪野に嬉しげに微笑んで、予定の合う日にはいそいそと手作りの夕飯を持ってきてくれる。

二人の関係性に特に変化はない。けれど、雪野の心境は明らかに変わりつつあることを、認めざるを得なくなってきている。

——やっぱり俺、獅堂さんのことが好きなのかな……。

本当は「なのかな」程度ではないことはわかっている。

ゲーセンでライオンのぬいぐるみを取ってあげたのは、意気消沈《しょうちん》した彼を浮上させるため――だけではなく、瞳をきらきら輝かせて喜ぶ彼の笑顔をただ見たかったから。

発情状態の獅堂に襲われたときに抵抗したのも、正気に戻ったときに彼を悲しませたくない一心であり、彼に触れられて嫌だという感情は少しも湧かなかった。

それどころかああいう触れ方をされたことで、彼が自分をそういう対象として見ているのだとまざまざと感じてしまい、あの日のことを思い出すと身体の中心が熱くなる始末だ。

――じ、自覚したところでどうしたらいいかわからないんだけど……。

真面目に、淡々と、父のようにクールに。優秀な獣人たちに負けないように、余計なことは考えずに努力する。長年そんな生活を送っていたものだから、雪野は恋心というものの扱い方を知らないし、恋をしている自分を想像できない。

まさか自分が恋愛に胸を焦《こ》がすことになるとは思わなかったので、心の準備も何もあったものではない。

「いや、ええと、別に――」

雪野が甘酸《あまず》っぱい感情に悶《もだ》えながらもにょもにょ言っていると、電話口の母は「あ、わかった」と能天気な声を出す。

『もしかして、料理に目覚めたとか？　いいじゃない、料理男子！』

「………まあ、そんなとこかな」

実の母にさえ浮いた話を疑われないレベルなのか俺は、と軽い脱力感に襲われる。母のおすすめのレシピの話題が途切れたところで、適当に会話を切り上げた。「それじゃあまた」と通話を終えようとして、雪野はふと思い立って口を開く。

「あのさ、まだ連休は取れなさそうだけど、たまに時間見つけてそっち帰るから」

精神的にも時間的にも余裕がなくてしばらく帰省できていなかったけれど、先日獅堂の部屋で父との記憶をいろいろと思い出したせいか、するりと言葉が出てきた。嬉しそうな母の返事を聞いて、言ってよかったと思いながら、雪野は通話終了のアイコンをタップした。

「あ、獅堂さんから連絡来てた」

あと十分くらいしたら行く、というメッセージが十分前に来ていた。母との会話でうっかり獅堂のことを考えてしまっていた雪野は、うろうろと部屋を歩き回る。

平常心を保とうと深呼吸をしていると、早速インターホンが鳴った。ドキドキしながらドアを開けると相変わらず眩《まぶ》しい笑顔で獅堂が入ってきて、雪野に鍋とＩＨのミニコンロを手渡した。

「愛してるぞ、ユキノ！　今日はしゃぶしゃぶを用意したんだ」

恋心を自覚したせいか、挨拶代わりに言われる「愛してるぞ、ユキノ」にも無駄に心拍数が上昇してしまう。今、心電図を取られたら再検査になる自信がある。

「ん、これは何だ？」

見るからに高級な牛肉とカットされた野菜を載せた皿を持った彼は、テーブルの前まで来て首を捻《ひね》った。人間の腹部を模した練習用キットが、テーブルの面積の半分を占拠《せんきょ》している。

「すみません、さっき届いたもので。今退《ど》けます」

食材を一旦端の方に置いた獅堂は興味津々にそれを眺め、付属の内視鏡を手に取る。

「これはシミュレーターか？　本格的だな」

「はい、かなり高性能みたいです。新谷が教えてくれたんですけど——俺も負けていられないので、これで毎日練習しようかと」

以前のような切羽詰まったものではなく、前向きな気持ちで「負けていられない」と思えるようになった雪野に気付いてか、獅堂はふっと顔を綻ばせた。

「そうか——ユキノ、おいで。神の手を体験させてやる」

「え」

テーブルの前に人ひとり分の隙間を開けて立った彼は、両手を広げてこちらを向いた。俺の腕の中に収まれ、のポーズである。

——そんなに密着したらドキドキするし絶対無理……でも神の手は体験したい。いや、やっぱりバックハグみたいな体勢はハードルが……でも神の手は体験したい。

不慣れな恋心と、医者としての好奇心。二つのあいだで揺れ動いた雪野だったが、神の手の魅力には抗《あらが》えなかった。こんな機会は滅多にないのだ。

「……よろしくお願いします」

「あぁ、よろしく。あまり変化球な設定はできないだろうから、とりあえず虫垂《ちゅうすい》切除にするか。最近は開腹より腹腔鏡手術が主流だよな」

雪野がおずおずと彼の腕の中に背を向けて入ると、後ろから包み込まれる形で抱かれる。彼は練習用キットの腹部に開けた小さな穴から内視鏡を挿入《そうにゅう》して腹腔鏡モードに設定し、鉗子《かんし》を握る雪野の手の上から、そっと自分の手を添えた。直後、頭も目も追い付かないスピードでその手は動き始めた。迷いなく患部を処置する手の感覚に慣れる間もなく、タブレットにComplete の表示が点滅した。時間にしておよそ五分強。早すぎる。

「はぁ……」

虫垂炎の手術は助手として入ったこともあるし特別難しいものでもないはずだが、獅堂の手さばきは未知の感覚で、思わず呆けた声を出してしまった。

「どうだった?」

体勢的に仕方ないものの、背後から耳元で囁かれると心臓に悪い。集中力が切れた途端、彼の体温や匂いに意識が行ってしまい、急速にどぎまぎした気持ちが襲ってくる。

——せっかく貴重な体験をさせてくれたのに、邪《よこしま》なことを考えたら失礼だろ……!

彼からの好意はひしひしと感じるので、たとえ雪野が邪なことを考えていたとしても嫌な顔はされないだろうが、それとこれとは話は別だ。雪野は努めて冷静な声を作る。

「ひ、非常にいい経験になりました」

「そうだろう、そうだろう」

「あの、そろそろ離してもらってもいいですか」

「……今のは本当にユキノへのエールのつもりで神の手を体験させようと思っただけなんだが、こうも俺の腕にすっぽり収まってくれると、離しがたくなってしまうな」

普段よりも低い声でそんなことを言った彼は、両腕の中に優しく雪野を閉じ込める。出ようと思えばいつでも出られる程度の拘束力《こうそくりょく》しか持たない抱擁《ほうよう》なのに、雪野はその場から動けない。背中に密着した彼の胸から、自分のものと同じくらいの速さの鼓動を感じてしまったから。

「――悪い。怖がらせるつもりはなかった。夕飯にしよう」

硬直する雪野を見て、怯えていると勘違いしたらしい彼は、ぱっと身体を離した。発情症状が出て雪野を襲ったときのことを少なからず気にしているのだろう。

でも雪野は獅堂のことを怖いと思ったことなど一度もない。そこだけは誤解されたくなくて慌てて振り向くと、しゅんと耳を伏せた彼がいた。

「ああもう、別に怖かったわけではないので……っ」

「無理をしなくていい。俺の配慮が足りなかった」

「本当にそういうのではなくて、ただ急に抱きしめられてびっくりしたというか……恥ずかしかったというか……」

しょげた耳がピンと立ちあがり、彼の美しい顔に喜色が浮かぶのを見ていたら、胸の奥がむずむずしてきた。さすがにポーカーフェイスを保つこともできず、雪野の頬はじわじわと朱に染まっていく。

「もしかしてユキノ、照れてる……？　脈ありか？　脈ありなのか？」

「知りませんっ！　もう、夕飯にしますよ」

やけくそで彼の肩を軽く殴《なぐ》り、練習用キットを部屋の隅に置いた雪野は、ミニコンロのスイッチを入れる。向かいの席でぽこぽこと沸騰《ふっとう》する鍋に野菜を投入する獅堂は、ご機嫌な様子で笑いを噛み殺している。雪野はそんな彼をじとっとひと睨《にら》みして、サシの入った肉を箸《はし》で掬《すく》う。

「なんだ、しゃぶしゃぶは嫌いか？」

「……いえ、好きですけど」

「ユキノの口から『好きです』と言われるのは気分がいいな。できれば近いうちに、しゃぶしゃぶにではなく俺に言ってほしいものだ」

げほっごほっと噎《む》せた雪野は、飲み物を手渡してくれる彼を涙目で睨む。

こちらは恋を自覚してあたふたしている真っ最中で、いちいち脳内で小さな自分が「どどどどうしよう」と駆け回っているような状態なのだ。

大いに脈ありです、しゃぶしゃぶではなくあなたのことが好きです、などと言えるほど心の整理ができているわけがない。

「まあ、今日のところはユキノの可愛い表情がたくさん見れたからよしとしよう。ほら、咳が治まったなら、たくさん食べるといい」

「…………いただきます」

雪野は湯に通した牛肉に獅堂特製のゴマダレをつけて口に押し込み、動揺ごと飲み下した。

高級国産牛のしゃぶしゃぶはとてもおいしかったはずだが、目の前で愛おしげに目を細める男のせいで、せっかくの味があまりわからなかった。

＊＊＊

「ねえ、赤城《あかぎ》教授ってかっこよくない？」

「わかるー。立場のわりに堅苦《かたくる》しくもないし、優しくて話しやすいよね」

職員食堂で自分のトレーを片付ける雪野《ゆきの》の耳に、看護師の女性たちの声が入ってきた。赤城の容貌を思い浮かべ、たしかにあの甘い顔立ちは目を引くな、と納得する。

——意外と気さくだったし、人気が出るのも頷けるな。

自分の従妹と人間の恋には断固反対していた赤城だが、仕事をするうえでは種族の差にこだわりはないらしく、相手が獣人でも人間でも等しく声をかけている。雪野も挨拶がてら一言二言会話をしたが、終始にこやかで普通にいい人だった。

「しかも独身らしいよ。それとなくリサーチしたら『仕事に打ち込みすぎて……』って苦笑してたけど、年齢的にもそろそろ適齢期だと思わない⁉」

「なんであんたが興奮してるのよ。あたしたち人間には関係ないでしょ」

「そうだけど、そうだけど……！　ワンチャンあるかもしれないじゃない……！」

「ないない。あ、でも獅堂《しどう》先生よりは可能性あるか」

「まあね……さすがにエリート白変種にはワンチャンすら感じないわ……。むしろあたしと何かあったらもったいない。釣り合わないにもほどがある」

「それは赤城教授でも同じでしょー」

冷や水を浴びせられたような気分だった。きゃっきゃと笑い合う彼女たちの声が、どこか遠くに感じる。

――俺は、彼女たち以上に釣り合わない、よな……。

今はなぜか雪野に求愛している獅堂だけれど、本来であれば同じ獣人と結ばれる方が幸せなのではないか。

そもそも彼が雪野を気に入ったきっかけは、急病に倒れた彼を特別扱いせず、普通の人として接したからだ。それなら、自分と同じように彼に接する獣人が現れたら、そちらの方がいいのではないか。

獅堂は動物的な本能に支配されることを嫌がっていたけれど、獣人の恋人同士が合意の上で、互いのフェロモンで高め合うこと自体は否定していなかった。あのとき胃のあたりが重くなったのは多分、自分ではそういったコミュニケーションが取れないと思ったからだ。

彼のことをちゃんと見てくれて、能力的にも釣り合いの取れる獣人の女性が現れたら、自分は何一つ敵わない。

――それに……父さんと母さんは男女だったから、結果はどうあれ獣人の子どもができる可能性もあったけど、俺には一ミリの可能性もない。

赤城が獅堂に従妹の愚痴《ぐち》を言うのを聞いたときも胸に違和感を覚えたが、彼への恋心をはっきりと自覚した今、自分ではどう頑張っても白変種の子孫を残せないという事実が重くのしかかってくる。

もったいない、釣り合わない――彼女たちの言葉が頭の中で暗くこだまする。

「――先生、雪野先生、大丈夫?」

すぐ近くで声が聞こえて、我に返った雪野が顔を上げると、心配そうに眉を寄せた赤城が視界いっぱいに飛び込んできた。

「は、はい、すみません。ぼーっとしてました」

すらりとした長身を屈《かが》めて雪野に視線を合わせてくれていた赤城に慌てて返事をすると、彼は人当たりのいい笑みを浮かべて安堵の溜め息を吐いた。

「体調不良や悩みがあったら相談してね。うちの系列の病院は労働環境も比較的ホワイトだけど、新人さんは何かと雑務も多いし疲れるものだから。しかもここにはゴーイングマイウェイな獅堂先生もいるしね。彼に振り回されたりしてない？　昔からフリーダムな性格だったけど、一体どうしてここに来たのやら――何か知ってるかな？」

朗らかな笑顔で問われて、雪野は無表情のまま固まった。獅堂は、雪野を口説いて自分のものにするためにここに来た、と言っていた。あのときは脳のＭＲＩを勧めてしまったけれど、今になって地味に照れてしまい、耳が赤くなるのを感じる。

「いえ、知らないで――」

「何を話してるんだ？」

さっきから落ち込んだり照れたりと慣れない感情に内心動揺しつつ、雪野は首を横に振る。

しかし言葉の途中で背後から、今まで頭の中を占拠していた男の声が聞こえた。

「あ、噂をすれば、だね。雪野先生がトレーを持ったまま固まっていたから、声をかけていたんだよ」

「ユキノ、体調悪いのか？」

「へ、平気です。少し考え事をしていただけなので」

獅堂に至近距離で顔を覗き込まれ、雪野は否定しながら咄嗟に後退《あとずさ》る。さらに詰め寄って来られたらどうしようとどぎまぎしたものの、獅堂はあっさりと雪野から距離を取った。

瞬間、彼の美しい瞳に滲んでいた温かな色がすっと引っ込むのを見て、雪野は微《かす》かな胸騒ぎを覚える。

「そうか。人間の新人ってのはいろいろと大変だろうし、身体に気を付けて頑張ってくれ。そんなことより——新人といえば、そこにいる新谷《あらや》。彼はこのあいだ俺のオペで第三助手を務めてくれたんだ」

妙に他人行儀な態度で雪野との会話を打ち切った彼は、通りすがりの新谷を呼び止めた。突然、天才外科医と秀才外科部長代理に取り囲まれた新谷が、おそるおそるこちらを向く。

「へぇ、専攻医一年目で獅堂のオペに参加なんて大抜擢《だいばってき》だね」

「ちゃんと全体を理解していたし、彼は獣人のアドバンテージに驕らず努力を怠《おこた》らない勤勉さもあって——」

「……じゃあ俺、お先に失礼します」

獅堂と赤城の関心が自分から新谷にシフトしたことを悟り、雪野は彼らの背中に会釈をして足早にその場を去った。

会議室に向かう途中、貧血を起こしたときのような心許《こころもと》ない眩暈《めまい》と胸の痛みに襲われて、雪野は白衣の胸元を握り締める。

新谷が自分よりも評価されることに焦燥感を感じたことは過去にもある。しかしそれは

「もっと頑張らなくては」という焦りであって、この途方もなく胸がずきずきするような感覚とは違う。

子どもみたいに新谷に妬《や》いているわけでもない。ここはシビアな医療現場だし、獅堂はもともと仕事で雪野を贔屓したりはしない。彼が人を褒めることに躊躇がないのも、もとからだ。

——でも、あんなふうに興味を失《な》くしたみたいな目を向けられたのは初めてだ。

ちょうど女性職員たちの噂話を耳にして鬱々《うつうつ》としていたタイミングだったせいか、普段は陽だまりのように温かい彼の眼差しがなんだか低温に感じられて、雪野の胸に嫌な不安が広がった。

それはあの瞬間、彼のことをちゃんと見てくれて釣り合いの取れる獣人女性がこの先現れたら——という想像が、より明確に脳裏に浮かんでしまったからだ。

そうなったら、今度こそ彼は本当に雪野に興味を失《な》くすのだろう。その他大勢に向けるものと同じ、特別な慈愛の滲《にじ》まない瞳を、雪野にも向けるのかもしれない。

——……いや、すべてを悪い方に連想しすぎだ。

冷静に考えろ、と自分に言い聞かせて嫌な想像を振り払おうとするが、なかなか平常心が戻ってこない。

「ユキノ、本当に体調は大丈夫なのか？　顔色がよくない」

気持ちが切り替えられないことに焦っていると、いつの間にか後ろから獅堂が着いて来ていた。正直、今は彼に会いたくなかった。頭の中がごちゃごちゃしていて、変なことを口走ってしまいそうだ。

「……赤城教授たちはいいんですか？」

「あぁ。赤城は院長に呼ばれていった。新谷もこのあとの術前カンファまでに食事を済ませないといけないからな」

獅堂はすっかりいつも通りで、眼差しにも甘い温もりを感じる。やはり自分の考えすぎだったのではと、雪野は小さく息を吐いて心を落ち着かせようと努める。

「獅堂先生は俺に何か用ですか？」

「ユキノの様子がおかしかったから気になって。それと……少し話したいことがある」

雪野は獅堂が心配してくれたことに少し浮上したものの、珍しく口ごもる彼に違和感を覚える。なんですか、と目で促すと彼は言いにくそうに口を開いた。

「赤城とはあまり話さないでほしい」

「……はぁ？」

一瞬嫉妬かと思ったが、どうも引っかかる。彼は堂々とした笑顔で「相手の名前と住所を言ってみてくれ」と言うタイプだったはずだ。こんなに婉曲《えんきょく》な言い方は彼らしくない。

「もちろん仕事上のやりとりは構わないが……俺がお前とプライベートで一緒にいることは、彼には言わないでほしいというか」

瞬間、先程の他人行儀な態度とどこか冷めた瞳がフラッシュバックした。彼らしくもない歯切れの悪い言い方は、不安定になっている雪野の心を無闇《むやみ》に逆なでしてくる。

「なんですか、それ。エリート白変種の獣人様が、人間の男とつるんでると思われるのが恥ずかしいんですか」

苛立《いらだ》ちのままに吐き捨てた言葉が失言だったことには、すぐに気付いた。目の前の彼が傷付いた表情で目を伏せるのを見て、雪野の胸は抉《えぐ》られたように痛む。

——俺は何を言ってるんだ。獅堂さんがそんなことを思うわけがないじゃないか。

ただ彼と釣り合わない自分がもどかしくて、彼の関心がいつか他に移ってしまうことを考えたら怖くて、ままならない気持ちを彼にぶつけてしまった。

「あ——すみませ……」

「おい、雪野。術前カンファ始まっちまうぞ！」

後悔で乾ききった口をなんとか動かして発した謝罪の言葉は、廊下の奥から急ぎ足で歩いてきた茂草《もぐさ》の声にかき消された。

「あっ、ほら、獅堂先生も。あと三分ですよ」

茂草にぐいぐいと背中を押された雪野はちらりと獅堂に目をやったが、彼と視線が合うことはなかった。

「二件目は十八歳の女性、ウサギ獣人です。三日前に虫垂炎の症状で入院し、軽度のため内科的治療を行なっていましたが回復の見込みが薄く――」

獅堂への失言で動揺はあったものの、人命に関わる仕事なので無理矢理気持ちを切り替え、雪野は症例をプレゼンする研修医の声に集中する。

虫垂炎――いわゆる盲腸《もうちょう》はひと昔前までは即手術のイメージが強かったが、最近は軽度なら抗生剤の投与で治癒《ちゆ》が可能だ。この患者の場合はそれで治癒に至らなかったため、外科的治療である手術の必要が出たようだ。

「――ということで、今回の腹腔鏡下虫垂切除術の執刀は雪野先生にお願いしたいと思います」

真剣に症例資料を見ていたら赤城に名前を呼ばれ、雪野はハッと目を見開いた。外科部長代理の言葉に、新谷が嬉しそうに頷いている。

患者は獣人なので人間ほど簡単ではないが、虫垂炎自体はよくある症例なので、こつこつ努力してきた雪野であれば技術的な問題はないだろう。先輩医師たちも特に異論はなさそうだ。

雪野はその場ではっきりと返事をし、次いで第一助手として雪野のサポートに指名された茂草にも頭を下げる。

――初めて執刀医に指名された！

しかも術式は、獅堂の神の手を体験するために一緒にシミュレーターで練習した、腹腔鏡下での虫垂切除だ。思わず獅堂に顔を向けようとして、自分の失言を思い出して俯いた。

早く謝らなくては——カンファレンスの終了とともに席を立った雪野は、獅堂に声をかけようとしたものの、院長に先を越されてしまった。彼らは獅堂が執刀することとなった別の患者について話し合っている。

「あ——」

「おい、雪野。何してるんだ？　患者さんに説明しに行くぞ」

はい、と頷きながら、雪野は茂草のあとを追う。

——帰りにでも、ちゃんと謝ろう。

勤務中はとにかく目の前の仕事をこなそうと考え、ウサギ獣人の患者と家族に手術内容を説明する。

「腹腔鏡下での手術であれば傷跡も目立ちにくく、獣人の方は回復も早いので、術後は数日で退院可能です」

「それなら学校へもすぐに復帰できそうね。よかったわね、紗季《さき》ちゃん」

「うん……」

ほっと胸を撫で下ろす母親に肩を抱き寄せられた患者——紗季は、曖昧《あいまい》に頷いた。もとからロップイヤーのようだが、垂れた耳がどこか悲しそうで、雪野は紗季本人に向き直る。

「もし心配事があるなら、遠慮なくおっしゃってください。紗季さんはこういった手術は初めてと聞きました。可能な限り不安のない状態で挑んでいただけるよう、僕たちも最善を尽くします」

冷静に、親身に、雪野が真剣な顔を向けると、紗季は慌てて首を横に振った。

「あっ、違います。先生の説明もちゃんと理解できたし、手術は特に不安に思ったりしていません。ただ、学校が――」

しゅんと俯いた彼女に、雪野も茂草も首を傾げる。彼女の病室には日替わりでクラスメイトたちがお見舞いに来ており、いじめられているようには見えない。むしろ彼女は獣人のスペックに加えて素直で可愛い、人気者なイメージだ。

言いにくそうにする彼女の言葉を、雪野が辛抱《しんぼう》強く待っていると、紗季は困ったように眉を下げた。

「わたしは獣人だから、どうしても特別扱いをされることが多くて。クラスの子とは仲良しで、別に不満なんてないけど、たまにみんなといればいるほど寂しくなっちゃうことがあるんです。小さい頃からずっとそうだし、今さらって感じですけど」

諦めを滲ませて苦笑する彼女を見て、雪野はくらりと眩暈がした。まだ十代の、人当たりのいい彼女でさえ、幼い頃からそんな孤独を抱えているのだ。

『初めて会った日、ユキノが俺を普通の人みたいに一喝してくれた瞬間にビビッと来たんだ』

そう言っていた白変種の天才獣人が瞼《まぶた》に浮かび、胸が潰《つぶ》れそうになる。彼らは特別な才能や高い能力を持つ代わりに、生まれたときから当たり前のように孤独がついて回る。それは成長とともに慣れていくものかもしれないけれど、寂しくないわけではないのだ。

「……たしかに、紗季さんは獣人として特別扱いされることが多くて、どこか隔《へだ》たりを感じることもあるでしょう。でも紗季さんと一緒にいるご友人の中にはきっと、獣人とか人間とか関係なく、ただ『大切な人』として、紗季さん自身の傍にいたいと思ってくれている人もいるはずです」

しっかりと視線を合わせて伝えると、紗季は面映《おもはゆ》そうに笑って頷いてくれた。


「獅堂さん！」

紗季たちへの説明と同意書の回収を終えた雪野は、病棟業務に戻る前に大急ぎで獅堂を探して彼に駆け寄った。紗季の悩みと向き合って、雪野は獅堂を一番傷つける失言をしてしまったことをよりいっそう猛省した。

もはや「謝罪は勤務時間後に」などと悠長に構えてはいられなかった。一言でいいから謝りたくて、雪野は業務の合間を縫って彼のもとへ向かう。

「ユキノ？」

職場では通常は先生呼びをする雪野が「獅堂さん」と呼んですごい剣幕で近寄って来たものだから、彼は珍しくびっくりしたように目を瞠っていた。

「すみませんでした。俺、なんかいろんなことをごちゃごちゃ考えてて、獅堂さんに八つ当たりしました。本当はあんなこと少しも思ってないのに、勝手に卑屈《ひくつ》になっていじけてました」

自分では彼に釣り合わないという不安が消えたわけではない。しかしこの恋の行方《ゆくえ》とは関係なく、誰かを無闇に傷つけたのなら、人としてきちんと謝るべきだ。

許してもらえなくても、あれは傷つく価値もないただの妄言《もうげん》だということだけは、彼に伝わってほしい。

そう願って深々と頭を下げると、頭上からふっと息を吐く音が聞こえた。

「ユキノは相変わらず真面目だな。わざわざ俺を探し回って謝りに来たのか」

おずおずと顔を上げた先にある獅堂の顔には、怒りや嫌悪の色はなかった。彼はただ、力の抜けた表情で笑っている。

「……あまりにも質《たち》の悪い八つ当たりだったので」

彼の神の手はたしかに特別なものだ。だけど一方で、彼自身は火傷をしながら肉じゃがを手作りしてくれたり、クレーンゲームで取ったぬいぐるみごときで大喜びをするような、普通の青年のような一面も持っているということを、雪野は誰より知っている。それなのに彼がエリート白変種の獣人であることを引き合いに出して皮肉るなんてどうかしていた。

神妙に彼を見つめて発言を撤回《てっかい》した雪野に、彼は「俺も悪かった」と肩を竦めた。

「単にユキノが赤城と仲良くしてたから妬いただけなのに、俺が変な言い方をしたから、ユキノも変なふうに捉《とら》えたんだろう。悩ませたのなら謝る」

苦笑して歩き出した彼と一緒に階段を降りながら、雪野はどこか違和感を覚える。

——妬いただけ、なのか……？

それにしては彼らしくない言動だったような気がするが、雪野自身もあのときは冷静ではなかったので記憶に自信がない。

「本当ですか？」

窺《うかが》うように彼を見上げると、獅堂は白銀の髪をかき上げて片目を閉じた。

「あぁ、でもユキノの言葉には、嘘でも傷付いたな……俺の心はズタズタだ……。頬にキスをしてくれないと、立ち直れないかもしれない……」

端整な顔を悩ましげに歪めた彼はひと気のない階段の踊り場で立ち止まり、雪野の顔の高さまで自分の頬を近付けた。

「な、何言ってるんですか……！」

「頬にキスをしてくれないと、立ち直れないかもしれない……」

すっかりそれしか言わなくなってしまった獅堂に、雪野は顔を赤くして周りを見回す。運がいいのか悪いのか、人が通る気配がない。

「あぁ、もう、本当に申し訳ございませんでしたっ」

ちゅ、と獅堂の頬に唇が触れた瞬間、雪野は飛び退くように彼から離れる。そしてすぐに俯いて赤らんだ顔を隠し、せかせかと早足で階段を下りた。ホワイトライオンの高笑いを背中で聞きながら。

＊＊＊

翌朝、いつもより早く出勤して医局の共有デスクで電子カルテをチェックしていると、不意に眉間《みけん》に何かが触れ、雪野《ゆきの》は反射的に顔を上げた。

いつの間にか獅堂《しどう》が隣の席に長い脚を悠然と組んで腰かけており、彼は雪野の眉間を人差し指で押さえている。

「……獅堂先生、早いですね」

「ここ、皺が寄ってる」

頬杖をついた彼は片眉を上げ、次いで雪野の表示しているカルテに目を通した。

「あぁ、今日手術の子か。ユキノの初執刀に立ち会えないのが残念だ。まあ、俺のほうのオペが先に終わったら見に行ってやる」

「獅堂先生の患者さん、胃の全摘でしょう……」

胃の全摘といえば通常は四～五時間はかかるはずだが、獅堂なら本当に一時間以内に全工程を完璧に完了させそうなので笑えない。

「なんだ、緊張してるのか？」

澄んだ瞳にじっと覗き込まれて、雪野は口を噤《つぐ》んだ。何度も助手として入ったことのある手術だし、勉強も練習もしてきたので、自信がないわけではない。ただ、緊張していないと言ったら嘘になる。

「俺はユキノが今までひたむきに努力をしてきたことを知っている。そのうえで、今日の手術はお前にになら絶対にできると断言する。天才の俺が言うんだから間違いない」

相変わらず自信満々に美しい顔を輝かせて傲慢ワードを混ぜ込んで励ましてくれる彼に、雪野はふっと口元を緩める。笑みを返してくれた獅堂は、雪野の手を大きな手で包んで、真剣な眼差しで続ける。

「いいか、ユキノ。天才だけでは世界は回らない。お前は特殊な才能や直感を持たない人間として、これから現場でいろんな経験をするだろう。そしてたくさんキャリアを積んだお前は、そのくそ真面目で粘り強い性格で、今は俺にしかできない高難易度手術や獣人の珍しい症例を、いつかは誰もが治療できるように発展させてくれると――俺はお前に、そう期待している。今日はその第一歩だ」

「獅堂さん……」

「俺はユキノのことを、男として、人として愛しているが、医師としても信じている。だから精一杯やってこい」

「……はい、ありがとうございます」

なんだか泣きそうになってしまい、雪野は少し長めに頭を下げて表情を整える。

「俺は今夜から日曜の夜まで出張オペだから、初執刀お疲れさま会は来週になりそうだな」

雪野の頭をぽんぽんと優しく叩いた彼はくるりと背中を向け、尻尾のふさ毛で雪野の鼻先をこしょこしょしてから、部屋に入ってきた茂草《もぐさ》と挨拶を交わして自分のデスクへ戻っていった。


数時間後、初執刀を終えた雪野は患者家族に手術の様子や今後についての説明を済ませ、廊下の壁に凭《もた》れていた。

――ぶ、無事に終わった……。

クールな顔面のおかげで患者にもご家族にも特に心配はされなかったが、内心は緊張の連続だった。助手として入ってくれた茂草のサポートもあり問題なく終了したとはいえ、自分の動きは理想通りとは言えなかった。

――あとで手術映像を見て復習をして、今日中に症例ノートにも記しておかなきゃ。

肩の力を一度抜こうと首を下に向け、そのままの体勢で真面目に一人反省会をしていると、雪野のつむじに耳慣れた低音の声がかけられる。

「ユキノ！　大丈夫か」

「あ、獅堂先生。ほんとに一時間で終わったんですか」

「それが俺の才能だからな。それよりユキノのほうは？」

「え、ええ。反省点は多々ありますが、手術は無事に成功しました」

真剣に詰め寄られた雪野は、たじろぎつつ頷く。彼はそんな雪野をじっと見つめたあと、はーっと大きく息を吐いた。

「よかった……こんなところで項垂れているから、何かあったのかと思っただろう」

「すみません、ちょっと脱力してました。緊張はしたものの、思ったより落ち着いて対応できたと思います。……その、獅堂先生に激励《げきれい》してもらったので、心強かったです」

「そうか」

雪野がぼそっと付け足した言葉に、彼は眉尻を少しだけ下げた、あの甘えたような笑みを浮かべた。それだけで、きゅん、と雪野の胸の奥が鳴る。

「来週、何を食べたいか考えておけ。行きたい場所でもやりたいことでもいい。初執刀を頑張ったご褒美《ほうび》だ。なんでもリクエストを聞いてやる」

「……ご褒美をもらうようなものではないと思いますけど」

「お前を甘やかす口実に決まっているだろ」

機嫌よく笑った彼は、次の手術があると言って軽く手を振り、廊下の突き当たりに消えていった。

——やっぱり俺、獅堂さんのことが好きだ。

雪野は自分の胸に手を当てて、ここ数日の恋への戸惑いや、手術前の彼の激励、今しがたの彼の笑顔を思い浮かべる。

——獅堂さんは俺のことをちゃんと、人としても医者としてもまっすぐに見てくれていたんだ。

それなのに雪野は、彼と自分自身の気持ちをまっすぐ見つめることができていなかった。だから恋を自覚してからも、自分では彼に釣り合わないだとか、白変種の獣人の子孫を残せないだとか悩んでしまったのだ。

それは彼のためを思っているようで、そうではなかった。

釣り合わないのであれば、まずは可能な限り努力しようと思うべきではないか。

種族や子孫を気にして彼自身の気持ちをないがしろにしたのでは、彼を種馬扱いする輩の思考と同じではないだろうか。もちろんまったく気にならないわけではないが、それを理由に彼の意思を無視するのは暴論だ。白変種の獣人だって、特別扱いされるために、遺伝子を残すために、生きているのではない。

——まずは獅堂さんという一人の人と真摯に向き合って、彼の想いに応《こた》えたい。

自分の感情を一度全部ふるいにかけてみたら、なんてことはなかった。残ったのはきらきらと輝く宝物みたいな恋心だけだ。それに気付いた途端、迷いの霧《きり》が晴れてきて、この恋を大切にしたいという気持ちが強くなる。

「悩みや不安はゼロにはならなくても、来週までに自分の心の準備はしておこう——ん？」

廊下を歩きだそうとしたところで、雪野はふと視線を感じた。少し離れたところから、赤城がこちらを見つめている。ちょうど視線が合った彼は、朗《ほが》らかに微笑んで歩み寄ってきた。

「お疲れさま。今日が初執刀だったんだね。とても冷静に処置できていたと、さっき茂草先生から聞いたよ。今後もこの調子で頑張ってね」

「ありがとうございます」

切れ長の瞳をにこやかに細めた赤城は、労わるように雪野の肩をぽんと叩き、そのまま立ち去ろうとして「そういえば」と雪野を振り向いた。

「さっき獅堂先生が妙に心配していたようだけど、何かあったのかな？」

なんのことだろう、と首を捻ってから、心当たりに行きついて苦笑する。先程、獅堂は雪野が脱力しているのを項垂れていると誤解して焦っていた。

「いえ、特に何もないです。単に俺が下を向いていたのを、獅堂先生は俺に何かあって項垂れていると勘違いしただけです。初めての執刀だったので気を遣ってくれたんだと思います」

「……初めてとはいえ、普通の虫垂切除だよね？　うちの病院は腹腔鏡の活用も多いし、珍しい症例でもないのに、彼がそんなにナーバスになる必要があるのかな？」

目を丸くした赤城に問われ、雪野は顔が赤くなりそうなのをぐっと堪《こら》える。

言われてみれば、虫垂切除手術の結果を白変種の天才にこんなに気にかけられる新人外科医なんて滅多にいない。仕事では贔屓をしない獅堂だが、心の底から雪野のことを気にしてくれていたということだろう。

「まあ、僕は雪野先生なら心配ないと思ってたけど、新人さんの初執刀はみんな応援したくなるものなのかもね。それじゃあ、このあとの業務もよろしく」

「は、はい」

廊下の途中まで一緒に歩いた彼は、曲がり角で雪野とは反対の方向へ進んでいった。

――来週は母さんから届いた野菜で、俺が獅堂さんに料理を作ろう。それで、俺の部屋を訪ねてきた獅堂さんの挨拶代わりの「愛してるぞ、ユキノ」に「俺も」って返してみよう。

ふと、初執刀を口実にご褒美をもらえるなら、獅堂の喜ぶ顔がいいなと思った。彼の愛情を受け止めて、自分の気持ちもきちんと伝えよう。雪野が素直に想いを伝えたら、彼はどんな顔をするだろう。眉尻の下がった、あの笑顔を向けてくれるだろうか。

考えるだけで自分らしくないくらい頬が緩みそうになって、雪野は慌てて表情を引き締めた。

＊＊＊

異変に気付いたのは週明け、職員食堂で昼食を摂《と》っているときだった。

――あ、獅堂《しどう》さん……と、赤城《あかぎ》教授だ。

たまにタイミングが合うと、雪野《ゆきの》は獅堂と一緒にランチをする――というか獅堂が問答無用で向かいの席に座ってくるのだが、今日は赤城が先約らしい。何やら真剣に話し合う二人を横目に、食事を終えた雪野はトレーを片付ける。

——獅堂さん、今夜はうちに来てくれるのかな。

初執刀のご褒美を口実に雪野を甘やかしたいと言っていた彼の笑顔が脳裏によみがえり、頬がぽっと熱くなる。次に彼が訪ねてきてくれたときに想いを伝えよう決めたことも芋《いも》づる式に思い出してしまい、心臓までドキドキしてきた。

——落ち着け、俺。今からドキドキしてたら持たないって……！

ふーっと息を吐いた雪野は、食堂を出たところでキリッと仕事モードに戻る。

でもきっと、白衣を脱いで退勤した途端にまたドキドキがぶり返してしまうんだろうな、と浮かれた自分を想像して小さく笑った。

その夜、獅堂は来なかった。『しばらくユキノのところには行けない』というメッセージが来たきり、次の夜も、その次の夜も、彼は来なかった。

また一人で臥《ふ》せっているのではないかと、合鍵を使って隣室の様子を窺いに行ったりもしたけれど、主《あるじ》のいない部屋がしんと静まり返っているだけだった。前回一緒に夕飯を食べたあと、雪野が綺麗に洗って戻した鍋だけが、キッチンにぽつんと置かれていた。

仕事中は雪野も何かと忙しく、獅堂のことばかり気にしていられないとはいえ、それにしてもここ数日は職場での会話の機会もほとんどない。

彼は出勤日には集中力を要する大きな手術をいくつも行なうことが多く邪魔はできないし、それ以外の時間は院内のカンファレンスに横断的に顔を出しているので、姿を見かけることも少ない。一度だけ勇気を出して送ったメッセージに既読はついたものの、返信はなかった。

隣室に彼の気配がないことが、玄関を開けた先に自信満々な笑顔が現れないことが、雪野はたまに寂しくてたまらなくなる。

「……きっと、忙しいんだよな」

最近は毎日、夕飯の準備をしながら自分にそう言い聞かせている。

この日も帰宅した雪野は誰にともなく呟いて、キッチンに並べた野菜たちを見下ろしていた。

母から届いた野菜は、毎日雪野が一人で消費していた。獅堂に手料理を振る舞おうと決めたときのような浮かれた気持ちは野菜の鮮度とともに日に日に萎《しぼ》んでしまった。

無性に泣きたくなったりもしたけれど、彼は神の手を持つ天才外科医なんだから自分にばかり時間を割《さ》いていられなくて当然だと、半《なか》ば無理矢理に自分を納得させている。

「送られてきた野菜もこれで終わりか。何を作ろう……まあ、今日も炒め物でいいか。豚肉と炒めれば大体なんとかなるし」

目の前の夏野菜たちは、予定ではマリネだとかラタトゥイユだとか、おしゃれな響きの料理になるはずだった。一人のときの食事は適当に済ませていた雪野だが、獅堂に食べてもらうならと浮かれた勢いでレシピをたくさん調べたのだ。

しかし自分のためだけにそんなものを作ったら余計に寂しくなりそうで、結局どれも作らずじまいだった。

「……獅堂さんに時間ができたら、そのときに作ればいいよな。うん、今はちょっとタイミングが悪いだけだ」

今までだって彼は毎日ここに来ていたわけではない。日時を約束していたわけでもない。なのに、どうしてこんなに胸騒ぎがするのだろう。

不安を振り払うように首を横に振り、雪野は包丁を手にまな板に上の野菜たちをざくざくと切った。

＊＊＊

数日後、雪野《ゆきの》の抱えていた言い知れぬ不安は、無情にも的中する。

「獅堂《しどう》、昨日はありがとう。叔父がすごく喜んでたよ」

カンファレンス室から聞こえてきた赤城《あかぎ》の声に、雪野はふと足を止めた。会議は終わっているらしく、扉が半開きになっている。盗み聞きはよくないと思いつつ、赤城の口から発せられた名前に、立ち去ることができなくなる。

「うちの従妹も獅堂のことは気に入ったみたいだし、また一緒に食事してやってくれるかな。獅堂もやっぱり獣人同士の方が相性いいよね？」

「……あぁ、そうだな。また来週、声をかけさせてもらう」

耳に馴染んだ低く艶《つや》やかな声が何を言ったか、一瞬理解ができなかった。

今の会話では、獅堂は仕事ではなく、プライベートで赤城の従妹と会っていたみたいではないか。それもまるで見合いのようなニュアンスだった。

――赤城教授の、従妹と……？　仕事で忙しいわけじゃなかった……？

日本の医学界での序列などとは無関係な獅堂は、病院の上層部や医師会の役職付きの面々から見合いを勧められるたび、種馬扱いはごめんだと言ってすげなく断っていた。

しかし今回は赤城という旧友の親族だからなのか、従妹本人に興味が湧いたのか、獅堂は受け入れたらしい。少なくとも、赤城の「獣人同士の方が相性いいよね？」という言葉を、彼が肯定しているということだけはわかった。

「……業務に、戻らなきゃ」

彼のことをちゃんと見てくれて、釣り合いの取れる獣人がこの先現れたら、彼は自分への興味を失くすだろう――そんなふうに考えて怯えたのは、つい最近のことだった。思ったより早かったな、と内心で自嘲《じちょう》しようとしたけれど、心が痛くて自分をあざ笑う気力もない。

職場で会話をする時間がなくなったのも納得だ。これまでランチタイムや雑用の隙間時間に獅堂と話せていたのは、彼が積極的に雪野との時間を作ってくれていたからだ。今は興味のない雪野に割く時間がなくなったから、話すタイミングもなくなった。それだけだ。

病棟業務へ向かう前に立ち止まって、雪野は深呼吸をする。これで大丈夫。一時的に平常心を取り戻せる。でもこれはきっと鎮痛剤《ちんつうざい》と一緒で、時間制限のあるメンタルコントロールだ。家に帰ったら悲しみに押しつぶされてしまうだろう。

それでも終業まではちゃんと仕事に集中するため、胸に無数の針《はり》が刺さったような痛みは見ない振りをして、雪野は廊下を歩きだした。

隣室から物音がしたのは土曜の深夜——日曜の日の出前だった。

この日雪野は半休だったが、午前中に病棟回診を済ませたあとも帰宅する気が起きず、結局一日中、医局で論文をまとめたりラボ室で手技の練習をしたりしていた。

獅堂と出会うまではオンオフの区切りもなく過ごすのが普通だったのに、久しぶりにそんなことをしたら疲れてしまい、雪野はその夜、少し早く床についた。

何度も寝返りを打ってようやく眠れたと思ったら、数時間も経たないうちに目が覚めてしまい憂鬱《ゆううつ》な気分になったものの、おかげでいつもなら爆睡している時間帯に聞こえた隣室のわずかな物音を、雪野の耳はしっかりと捉《とら》えることができた。

「……っ、獅堂さん！」

雪野は飛び起きるやいなや玄関へ駆け出した。彼はここ数日、出張での仕事をしていたようなので、次に東凰《とうおう》に出勤するのは月曜のはずだが、なぜかこの妙な時間帯に隣室に来ているらしい。

玄関の鍵もかけないまま右に数歩進み、彼の部屋の扉の前に立つ。合鍵を置いて来てしまったことに歯噛みして、取りに戻ろうとした瞬間、それは開いた。中から出てきたのはやはり獅堂で、厚みのあるスーツケースを引いている。

「ユキノ……こんな時間にどうしたんだ」

雪野の姿を捉えた彼の双眸《そうぼう》は一瞬大きく見開かれ、すぐに何事もなかったかのようにもとに戻った。

「獅堂さんこそ、こんな時間にどうしたんですか」

どこか温度の低い彼の眼差しに居心地の悪さを感じながら返すと、扉を施錠《せじょう》した彼はあっさりと口を開いた。

「この部屋は今月で契約を解除する。残ったものは全部廃棄《はいき》するように業者に依頼するから、忘れ物がないか確認しに来ただけだ」

「は——」

「ユキノはなかなか振り向いてくれなかったが、おかげで選択を間違えずに済んだし助かった」

「間違え……？」

「他に好きな人ができた」

軽い調子で言い放たれた一言に、雪野は肺が圧迫されるような感覚がした。呼吸もできずに彼をただ見つめていると、目の前の男は白銀の髪を何度かかき上げた。マンションの薄暗い廊下で、彼の髪だけが場違いにきらきらと揺れる。

「俺は生来マイペースなところがあるみたいだから、ユキノを振り回してしまったことは悪かったと思ってる」

「そんな……っ」

「近いうちに東凰からも離れる予定だ。まあ仕事上すぐにとはいかないが、これからは俺のことは気にせず過ごしてくれ」

大げさに肩を竦めた彼は、踵《きびす》を返して立ち去ろうとする。咄嗟に、雪野は彼のスーツの裾を摑んだ。

「……なんだ?」

彼は立ち止まったものの、すぐにはこちらを振り向いてくれない。雪野の鼻先を何度もこしょこしょしてくれた尻尾も、今は無感情に垂れている。それだけですでに心が折れそうだが、ここで気持ちを言葉にしなければもう二度と伝えられない気がして、雪野は自分を叱咤《しった》して前を向く。

「気にせず過ごすなんて、無理です。今さらと思われるかもしれないですけど、俺、獅堂さんのことが好きです」

雪野が精一杯の想いを伝えると、大きく溜息を吐いた彼が振り返る。

「本当に今さらだな。逃した白変種はでかかったと気付いて惜しくなったか？」

片眉を上げた意地の悪い笑い方で言われて、雪野は言葉を失う。そんなふうに思われるのは心外だが、それ以上に、まるでエリート白変種であることが彼の価値だと自虐《じぎゃく》するような言い方も許せない。

「……今さらなのは、すみません。俺、恋愛なんてほとんどしたことがなかったから、自分の気持ちを自覚するのも遅かったし、自覚してからもいろいろと悩んだりしてました。でも――」

初執刀の日にようやく気付いた。獅堂が人として、医者として、恋愛対象として――雪野という一人の人間をまっすぐに見つめてくれていたのだと。

「それで俺も、自分の心と獅堂さん以外の要素を全部取っ払って考えて……獅堂さんのことが好きだなって……っ」

あの日の浮かれた想像の中ではもっと楽しい気持ちで伝えていたはずの想いを、こんなに切ない気持ちで口にすることになるとは思わなかった。

途中で涙が込み上げてきて、雪野は気持ちを落ち着けようと深呼吸をした。しかし今はあまり効果がないようだ。瞳から零れてしまった涙を、雪野は慌てて指で拭う。

「白変種の才能も神の手も、獅堂さんの一部だから、好きです。でも俺は獅堂さんの、自分の才能を『使い倒すべき』なんて言ってしまう寂しさも、白変種の獣人という価値ばかりを求められて傷付いてきた繊細《せんさい》な一面も、なんでも持ってるのにクレーンゲームの景品に大喜びする純粋《じゅんすい》なところも――全部、大切にしたいんです。才能があってもなくても、強くても弱くても、素のままの獅堂さんが好きだから――」

忙しい彼が自分のために割いてくれていた時間のかけがえのなさを、今になって思い知る。

挨拶代わりの「愛してるぞ」が、向かい合って食べる夕飯が、他愛《たわい》ない会話が、すべてが貴重で、幸せだった。

彼と過ごすことで、見失いかけていた夢は息を吹き返し、恋だって知ることができた。

なんでもない、行間のような時間には、尊いものがたくさん詰まっていた。

「しつこいな。俺はもう、ユキノのことは好きじゃないと言っているだろう」

獅堂は苛立った様子で前髪をぐしゃぐしゃ掻《か》き乱《みだ》し、必死に言い募《つの》る雪野の言葉を遮《さえぎ》った。

初執刀のご褒美は、彼の笑顔がいいと願った。しかしもう、彼は眉尻の下がった、あの屈託のない笑顔を雪野には向けてくれないらしい。

「本当に……本当にもう俺ではダメなんですか」

「悪いな。今好きな人は獣人の女性なんだ――わかるだろう? お前は俺の恋人には不向きだってことだ」

冷たく笑った彼は、追い縋《すが》ろうとする雪野の手を払い落として、背を向けて去っていった。

獅堂さん、と涙声で呼んでも、彼が振り向くことはなかった。

日曜は茫然自失《ぼうぜんじしつ》の状態で、それでも雪野はルーティンの勉強と手技練習をこなした。虫垂の研究資料を見ていても、手技シミュレーターをいじっていても、大好きな男の面影《おもかげ》がちらついて、そのたびに視界がぼやけてしまい効率がいいとは言えなかったけれど。

「……何か食べないと」

窓の外を見るとすっかり日が落ちていた。今日はまだ何も食べてない。明日の仕事に支障が出ないよう体調だけは整えなくてはと、ふらつく足でリビングへ向かう。途中で、合鍵を入れていた棚が視界に入った。

「あ……鍵、返してない」

退去時には合鍵も返却《へんきゃく》が必要なはずだが、鍵の交換費用を払えば済む話なので、彼は気にしなかったのだろう。雪野も混乱していたし、言及《げんきゅう》されなかったので忘れていた。

そっと棚を開けて、変わらずそこにある彼の部屋の鍵を、震える手で取り出す。

——鍵が手元に残って安心してるなんて、本当に救いようがないな……。

こんなものが残ったところで、この恋が終わってしまった事実は変わらない。

ただでさえ多忙な彼は、もう病院内で雪野と顔を合わせることもほとんどないまま、少しずつ東凰からも離れていく。かつて雪野を持ち帰ろうとしたように、いずれは意中の人を連れて本拠地《ほんきょち》であるアメリカに帰るのかもしれない。

——もう諦めるしか、ないんだ。

そう思ったらいろんな感情がこみ上げてきて、雪野は手の中の金属を握り締めたまま覚束《おぼつか》ない足取りで自室を出た。

隣室を開錠《かいじょう》して入ると、ほのかに彼の匂いがした。基本的にホテル暮らしだったから、ここにあるのは必要最低限の家具だけで生活感はない。でも、そこら中に彼のいた気配が残っている。

奥の寝室に入り、部屋の九割を埋める大きすぎるベッドを見て、雪野ははらはらと涙を流した。ここで、発情症状で朦朧とした彼に襲われかけたこともあった。あの日雪野は、本能に支配されることを厭《いと》う彼の苦しげな姿に胸を痛め、忘れかけていた父との記憶を思い出し、大切な夢を語った。

このベッドも、部屋に残っているということは廃棄されるのだろう。白銀の髪を撫でた感触も、穏やかな寝顔も、雪野は昨日のことのように思い出せる。彼にとってはこの部屋とともに置き去りにしたい記憶だったのかもしれないけれど。

獅堂の匂いが恋しくなって、縋《すが》るようにクローゼットを開ける。そこには新品のシャツが何着かかかっていた。

「……嘘つき」

いつだったか「着替えをいくつか置いておく予定だから、もし寂しくなったら俺の服を持って行ってもいいぞ」なんて言っていたくせに。新品では寂しさは紛《まぎ》れないではないか。

ふらふらとキッチンへ向かう。彼が自分のためにたくさん料理をしてくれたキッチン。合鍵を渡されたときは必要ないなんて言ったものの、雪野は毎回幸せな気持ちで、洗った鍋やホットプレートをここに返しに来た。今はすっかり殺風景で、そこにはもう何もない。

——何も、ない?

ふと、雪野は違和感を抱いた。高級ベッドやブランド物の新品シャツは残っているのに、調理器具だけないのはおかしい。そんなものをあの男が惜しんで持ち帰るはずがない。

——獅堂さんは、ここに何をしに来たんだっけ?

たしか忘れ物がないか確認をしに来たと言っていた。でも忘れ物を心配するほど、この部屋にはものがない。

今思えば、分厚いスーツケースを持っていたのも不自然だ。彼は普段、出張時は国内外問わず業者を使い、貴重品以外は配送していたので、出張帰りでもスーツケースを持っていたことはなかった。

ということは彼は雪野が眠っているであろう深夜に、この部屋からわざわざ調理器具一式を持ち帰るために、自分自身でスーツケースを持って来たということになる。

——どうして市販品の調理器具を、そんな貴重品みたいに……。

そこまで考えてふと、いつかの休日に雪野がワンコインで獲《と》ったクレーンゲームのぬいぐるみを家宝のように扱っていた彼の姿を思い出す。その価値基準に当てはめて考えたら、調理器具たちの価値もおのずと見えてくる。

プライベートで獅堂と過ごすようになったきっかけは、彼の手作り料理だ。そしてその後も、彼はたびたび夕飯を作って雪野の部屋へ持ってきては、向かい合って食事をした。

「調理器具は獅堂さんにとって、俺と一緒に過ごした時間の象徴《しょうちょう》……？　いや、考えすぎか？　でも――」

他にも気になるところはあった。確信はないものの、彼は本心を隠したいときに髪をかき上げるのが癖《くせ》だったように思える。

初めて会ったときに急病で倒れつつ余裕の笑みを繕《つくろ》っていたときも、疲れているのを我慢して雪野の部屋を訪れたときも――他にもあった気がするが、とにかく昨夜も雪野に呼び止められて、あの白銀の髪をかき上げていた。

「獅堂さんは、俺に何か隠している……？」

彼に連絡を取ろうとしたけれど、電話もメッセージもすでにブロックされており使えなかった。彼の宿泊しているホテルはセキュリティも一流なので、こんな時間に押しかけたところで会わせてはもらえないだろう。

――諦めるしかないって思ったけど……明日だけは、獅堂さんが空《あ》いてる時間になんとか捕まえて、もう一度話し合いをさせてもらおう。

これで駄目なら、今度こそ本当に諦めるから。

祈るように閉じた目を再び開き、雪野は彼の部屋を出た。

＊＊＊

翌月曜——雪野《ゆきの》は朝早くに出勤し、雑務も可能な限り先に終わらせた。自分の仕事をきちんとこなしつつ、獅堂《しどう》の邪魔にならないタイミングを見つけて、彼に時間をもらわなくては、と気合いを入れて。

ところが多忙な彼は動向を気にしていても捕まりにくく、雪野も今日は昼食すら逃すありさまで、ようやくひと段落して軽く栄養補助食品でも摂《と》ろうと思ったときには退勤時間になっていた。

——まずい……！

獅堂は残って雑用や手技練習をする雪野たちとは立場が違うので、自分の仕事を終えて時間が来れば帰ってしまう。

雪野は慌てて獅堂を探し、遠くに彼の背中を発見した。すでに白衣を脱いだ彼は、スーツ姿でエレベーターホールへと向かっている。病院内で全力疾走《しっそう》するわけにもいかず、長い足ですたすた歩く彼がエレベーターに乗り込むのには追い付けなかった。でも、行き先はわかっている。次に来た台に乗って下降し、彼が車を停めている駐車場へと向かう。

「じゃあ明日の仕事終わりに頼むよ」

「……あぁ、わかった。それより赤城《あかぎ》、やっぱりお前、顔色が悪くないか？」

広い駐車場の片隅から、耳慣れた声が聞こえた。車の陰から窺うと、獅堂と赤城が壁に凭れて話しているのが見えた。赤城に何かを頼まれた獅堂が腕を組んだまま無表情に頷き、旧友の顔を見て眉間に皺を寄せた。

「そう思うなら、さっさとうちの従妹を口説き落としてほしいね。僕はこの分院に、ただ部長代理をしに来たわけじゃないんだ。もちろん本院で外科部長になる準備でもあるけど、君を彼女の『つがい』にするのが本来の目的だと言っただろ」

赤城は心底鬱陶《うっとう》しそうに手で振り払う仕草をし、その手を悩ましげに自分の額に当てた。

「どちらにしても、あの子が本格的に人間と付き合いたいとか言い出す前に手を打たなくてはいけなかったんだけど……君がうちの分院にいてくれて助かったよ。彼女とエリート白変種の獅堂を結婚させることができれば、叔父の家系にも箔《はく》がつく。そうすればその功績が讃《たた》えられて、院内での僕の地位も確固たるものになる」

「……わかっている」

くらり、と眩暈がした。

土曜の深夜、雪野に向かって「他に好きな人ができた」と言った獅堂の言葉が嘘だったということは、なんとなく理解できた。会話から察するに、赤城の従妹に惹《ひ》かれたわけでもなさそうだ。

しかし、赤城が何を言っているのかわからない。脳が理解を拒《こば》んでいる。吐きそうだ。これではまるで、獅堂が一番厭《いと》っていた種馬みたいではないか。

一体どうして、獅堂は赤城の横暴を許しているのか。赤城の地位や名誉なんかのために、獅堂が協力する理由はないはずだ。

「獅堂ほどの男に金や役職をちらつかせても無駄なことはわかってたからね。僕がわざわざ弱点を探りに分院に来た甲斐があったよ。そしてその弱点が、本当に弱くてよかった。僕の地位とコネがあれば、新米医師を地方に飛ばすくらい簡単だからね」

「俺はお前の言うことを聞くと言っている。ユキノに何かしたら承知しないぞ」

額に青筋を浮かべて怒りを露わにする獅堂に、赤城が一歩後退る。しかし雪野は、声も出せずに固まっていた。

——俺のため、だった……？

獅堂は赤城の本性を知っていたからこそ、雪野を彼に近付けたがらなかったのかもしれない。思えば彼は、自分とプライベートで関わりがあることを赤城に知られたくないと言ったときも、何かがおかしかった。雪野は卑屈な捉え方をしてしまい、誤解が解けたあとも彼には「妬いただけだ」と煙《けむ》に巻かれたが、たしかあのときも彼は綺麗な白銀の髪をかき上げていた。本心を隠すみたいに。

「どうしてはっきり言ってくれなかったんだよ……」

雪野は唇を噛み締める。二人きりのときにでも、伝える機会はあったはずだ。言ってくれたら——と考えて、雪野は結んでいた唇を解いた。

言ってくれたとして、自分に何ができたのか。二人の関係を隠そうとしたところで、赤城が騙《だま》されてくれるとは思えない。立場の弱い雪野では、獅堂を守ることなど不可能だ。どうあがいても、恋を成就《じょうじゅ》させて夢を叶えて二人ともハッピーエンド、とはならない。

ただ雪野が彼の弱点だと突きつけられて、どうにもならない現実に傷付くだけだ。

もしかすると出会った頃の彼なら、躊躇なく言ってくれたかもしれない。しかし雪野をまっすぐに見つめ続けてくれた彼はきっと、必死に努力し、夢を語り、拙《つたな》いなりにプライドを持って仕事に励む雪野に向かって「お前が弱点だ」とは言えなかったのだろう。

傲慢な王様だった彼は、雪野と一緒に普通の時間を過ごし、繊細な思いやりを覚えてしまったのだ。

——だからって、獅堂さんが犠牲になるのは許せない……！

意を決した雪野は車の陰から飛び出し、二人のもとへ駆ける。

「っ、ユキノ……」

目を瞠った獅堂の前まで来た雪野は彼をキッと見上げた。

「獅堂さん、何してるんですか。種馬扱いなんて、一番嫌ってたことじゃないですか」

「それは——」

「俺のためですか。だったら俺は、そんなこと望んでません。獅堂さんを犠牲にしてまで、夢を叶えようとは思いません」

拳を握り締めてそれだけ伝えると、雪野は次いで赤城を睨みつける。ところが目の前のキツネ獣人はいつも通り目を細めた笑顔で、飄々と肩を竦めた。

「雪野先生、本当にそれでいいのかな？　たかが新人医師の虫垂切除手術を心配する獅堂を見て、君が彼の弱点だと確信してから、僕は周りの人にそれとなく聴取したんだ。君、獣人の医療に携わりたいらしいね。でも症例数の少ない獣人の治療は、うちみたいな大きな病院じゃないと経験できないよ？」

赤城は軽く屈んで、雪野の顔に自分の顔を近付ける。瞳の奥がまったく笑っていない双眸が、雪野をじっと捉える。

「邪魔をするなら、僕はあらゆる手を使って君を一生昇進できないようにする。転院しても無駄だよ。僕は医学界の獣人たちのあいだで親密なネットワークを築いている。東凰《とうおう》の関連施設以外にもそれなりにコネがあるから、他院にも根回しする。あぁ、獅堂は日本の医学界で派閥に属しているわけじゃないから、この件では雪野先生を庇えないよ。国外に行く手もあるけど、君はなんの実績もライセンスもないから、結構な遠回りになるだろうね」

「おい、赤城――」

「ここから先は獅堂もちゃんと聞いててね。一番肝心《かんじん》なところだから……雪野先生は人間の男性だよね。つまり白変種の遺伝子を残せる確率は、ゼロだ。これをもったいないと思うのは僕だけじゃないし、今後もそういう問題は付きまとう。ね、今が離れるいい機会なんじゃないかな」

笑顔で威圧《いあつ》してくる赤城は、雪野が迷いを見せた瞬間に追撃しようと口角を上げて待ち構えている。雪野は静かに瞬《まばた》きをした。ここで引かなければ、獣人の医療に携わるために必死に努力してきたことが水の泡《あわ》になる。

だからどうした、と思った。深呼吸も必要なかった。自分でも驚くほど平常心で、雪野は赤城を見据える。

「申し訳ありませんが、全力で邪魔をさせてもらいます。俺のことは、どこへでも飛ばしてもらって結構です」

目標だけが先行していた頃なら、多少は迷ったかもしれない。でも今の雪野は、本当に大切にしなくてはいけないものを知っている。

それは目標や結果そのものではない。

その周辺の余白に散らばる、他愛ないけれど宝物みたいな時間や、実を結んだ努力も実らなかった努力も丸ごと包み込んでくれる優しい眼差し、どんな場所からでも見える温かな道しるべ——それらを犠牲にした先で叶う夢なんて、願い下げだ。

寸分の迷いもない雪野の答えに口を開いて固まる赤城の代わりに、獅堂が猛然と雪野の肩を揺すってきた。

「何を言ってるんだ、馬鹿かお前は！　父親のような医者になりたくて、獣人のための医療の発展に貢献《こうけん》したくて大学病院に入局したんだろう⁉　あんなに必死に頑張っていたのに、それが全部無駄になるんだぞ」

「今、目の前にいる大切な人のために動けないなら、どちらにせよいい医者になんてなれませんし、そんな自分を父に誇ることもできません。獣人のための医療からは遠のいたとしても、医師免許を持っている限り医者は続けられますし、俺にできる範囲で獣人の症例にも携わっていきます」

まっすぐに獅堂を見据えて返すと、彼は今度は赤城に摑みかからんばかりの勢いで詰め寄る。

普段は悠然と余裕の笑みを浮かべている獅堂が、今は天才に似つかわしくない真っ青な顔で、見たことがないほど動揺している。

赤城は困惑した表情で、腹の決まった雪野と珍しく狼狽《ろうばい》する獅堂を交互に見つめた。

「赤城、ユキノの話は聞くな。お前は従妹と俺が結婚して、院内での地位が手に入ればいいんだろう？　それなら俺に任せてくれ。全部お前の言う通りにできる」

「獅堂さんは黙っていてください。赤城教授、人は遺伝子のために生きているわけではないんです。たとえ俺の夢が叶わなくなるとしても、獅堂さんの尊厳《そんげん》を侵害するのだけは許しません」

「ユキノこそ黙っていろ。赤城は自分の地位が手に入ればいいと言ってるんだ。彼の従妹もそれなりの体裁を保って不自由ない暮らしができれば十分だろう。それなら俺はやることをやったあとは、もとのアメリカでの仕事に戻ればいい。どうせ家にもほとんど帰らないし、一人だったときとたいして変わらない」

「そんな――」

「俺はもう、ユキノにいっぱいもらった。お前と食卓を囲んだ思い出と、お前がくれたぬいぐるみがあれば、どんなことにも耐えられる。だからこれが最良の選択なんだ。ユキノの夢は、絶対に邪魔させない――」

二人で怒鳴り合っていると、前方から低い呻き声が聞こえた。赤城が片手で自らの頭を押さえて、痛みを堪えるような顔をしている。

「わけがわからない……どうして凡庸《ぼんよう》な人間のくせに、自分の夢を捨てることを即断できるんだ。どうしてあんなに傲慢ですべてを持ってる天才のくせに、一番嫌っていることを躊躇いなく受け入れられるんだ。あぁ、頭が、痛い――」

苛立たしげに吐き捨てた直後、赤城はその場にくずおれた。互いのために言い争っていた雪野たちは、慌てて手を伸ばして赤城を支える。

「獅堂さん、この症状は一体――」

「うるさい……っ、僕に触るな」

抵抗する赤城の身体は発熱して震えており、唇は紫で瞳孔が開いている。獅堂は倒れた彼の前に屈み、素早く彼の頸部《けいぶ》を触診する。

「三十代のキツネ獣人の男性で、激しい頭痛に発熱、眩暈、そしてこの呼吸音……急性のフェロモン腺炎《せんえん》だろう。一度だけ執刀したことがある」

獣人にのみ存在するフェロモン腺は、頸動脈やリンパ節、甲状腺が張り巡《めぐ》らされた頸部の奥にある。たまに発情不全の獣人に内科的なコントロールをすることは知っているが、急性の炎症なんて聞いたことがない。

「獅堂でさえ、一度しか執刀経験がないほどのレアケースを発症するとは、僕も運がないな……。いい気味だとでも思ってるんだろ」

獅堂の手を振り払った赤城の呼吸が乱れる。興奮しているせいで、腕の中の彼の容態は余計に悪化していく。雪野がなす術《すべ》もなく赤城に視線を落とした瞬間、獅堂がすっくと立ちあがった。

「緊急手術の準備をする。すぐに人を寄こすから、それまでユキノはここで彼を落ち着かせて、なるべく動かさずに待機していてくれ」

よく通る彼の声に、雪野は赤城を抱く手に力を込めながら頷く。獅堂の迷いない指示に安心感が湧き上がる。同時に、彼が雪野のことを医師として信じてこの場を任せてくれているのが伝わってきて、自分のすべきことがはっきりと見えた。

「……よかったね。後遺症が残れば、僕の立場はなくなる。そしたら君と獅堂は自由だ」

朦朧としながら卑屈に笑う赤城に、雪野は自分に与えられた役目をまっとうすべく、通常運転の愛想の欠片もない真顔を彼に向ける。

「獅堂先生が執刀するのに、後遺症なんて残るわけないじゃないですか。いいから黙って俺の手を握ってゆっくり呼吸しててください」

淡々と一喝したら、彼はおとなしく雪野の手を握ったものの、呼吸の合間にまだ眉をひそめてぼそぼそ言っている。

「……だったら君も彼のオペに参加して、二人して僕に恩を売るつもりかな」

「いや、俺は入りませんよ、頭頸《とうけい》外科の経験ないですし。というか何をごちゃごちゃ考えてるのか知りませんが、どんな状況で誰が相手であれ、病人を看護し治療するのは医者として当然のことなので、どちらにせよ恩にはならないでしょう。それより獅堂さんの件については別途話し合いが必要だと思うので、さっさと治してしまいましょうね」

「は……?」

目を見開いた赤城は、今度こそすっかりおとなしくなった。ほどなくしてやって来たストレッチャーに乗せられた彼は憑《つ》き物《もの》が落ちたような顔で手術室に搬送《はんそう》されていった。

＊＊＊

獅堂《しどう》の神の手によって完璧な処置を受けた赤城《あかぎ》が、会話ができる程度にまで回復したのは数日後のことだった。

「獣人の症例でもレアケースの執刀を、ここまで患者の身体に負担をかけず傷も最小限に抑えるとは、さすが獅堂だね」

赤城の病室に呼ばれた獅堂と雪野《ゆきの》は、二人並んでベッドサイドに立ち、まだ少し痛々しげな姿で気丈に振る舞う外科部長代理を見下ろす。

「……僕は、偉《えら》くなりたかったんだ」

ぽつりと呟いた赤城は、自分の手元に視線を落としたまま小声で話す。

「昔はね、病院をもっといい方向に動かしたいから、偉くなりたいと思ってたんだ。でも周囲の期待や重圧を一身に受けて、たくさん理不尽なことを経験するうちに、気付けばただ高い地位を築きたいだけになっていた」

描いたカラフルな夢が、いつの間にか必死に追いすがるだけのモノクロの目標にすり替わる——その気持ちは、雪野にも理解できた。獣人で、しかも本院の院長の親戚という一見恵まれた環境にいる彼も、日々の重圧に少しずつ心がすり減り、負けてしまったのだろう。

ヘアセットされていない赤城はどこか子どもみたいな表情で、雪野のほうを向いた。

「でも朦朧とする中で、雪野先生に当たり前のことを当たり前のように一喝されて目が覚めたんだ。そこで僕は、今まで勝手に追い詰められて、ものごとを難しく捻《ね》じ曲《ま》げて考えてたんだって気付いた」

「赤城教授……」

「二人を巻き込んでしまい申し訳なかった。もちろん従妹と獅堂の件は白紙に戻すように、叔父に言っておく。償《つぐな》いもするつもりだ。僕の処遇《しょぐう》は君たちが決めてくれて構わないよ」

心身ともに弱ってはいるものの、憂《うれ》いの晴れたその顔は以前より健康的に見えた。

「俺は獅堂さんが自由になるなら、それ以上の償いは望みません」

悲しい思いはしたけれど、赤城の空回る気持ちもわからなくはないし、考えを改めてくれたのなら追及するつもりはない。そう伝えた雪野に、赤城は整った顔を泣きそうに歪めて俯いた。

「……俺も、赤城が反省しているのであればこれ以上責める気はない。ユキノと過ごしてきたおかげで、赤城が余裕をなくしてあんなことをしたってのも多少は理解できるからな」

続けて獅堂が憮然《ぶぜん》とした声色で赦免《しゃめん》の意を口にすると、赤城は深々と頭を下げて肩を震わせた。

本来の自分を取り戻した赤城なら叔父に媚びなど売らなくても、東凰をよりよくしたいという意志と、その実力と折衝力で、望んだ地位を築くことができるだろう。

ひと段落した雰囲気に、雪野はふと隣の獅堂を見上げて眉をひそめた。両腕を組んで立つ彼の佇《たたず》まいはどこか悲しげで、端整な顔は弱々しく曇っている。

「獅堂先生、大丈夫ですか……？」

やはり雪野をダシに脅迫《きょうはく》された傷が癒えないのだろうか、と心配になり声をかけると、彼は雪野に視線を落としてから目を伏せた。

「一件落着したのはいいが……俺がユキノを悲しませたことには変わりないだろう。事情があったとはいえ、せっかくの告白を冷たくあしらってしまいすまなかった。本当は信じられないくらい嬉しかったし、泣いてるユキノをすぐにでも抱きしめたかったのに、あのときはああするしかできなかった」

どこまでも雪野のことを考えてくれる彼に、愛しさで胸が震えた。

もう雪野自身はちゃんと理解して消化しているというのに、彼のふわふわの耳は頼りなく伏せられており、先の丸い尻尾もだらんと垂れている。獅堂が自分のことをどれほど大切に想ってくれているかが伝わってきて、嬉しくもくすぐったい気分になる。

雪野はにやけそうな顔を堪えて、わざとらしいほどの真顔で彼を見つめる。

「……まあ、そうですね。獅堂さんに拒絶されたのは、嘘でも傷付きました。俺の心はズタズタです」

いつだったか、彼が階段の踊り場で言った言葉を真似てやると、そのあとの台詞を察した彼の耳がぴくぴくと動き、白い尻尾がゆっくりと立ち上がっていく。

「帰ったら、頬にキスをしてくれないと、立ち直れないかもしれません」

少し背伸びしてお望みの台詞を耳打ちしてやったら、ピーンと立った尻尾で大喜びを表現した獅堂は、雪野の後頭部を摑んで唇に熱烈なキスをかました。

「んんっ、そこじゃないし、今じゃない——」

遠い目をした赤城が、抵抗も虚しく唇を貪《むさぼ》られる雪野を眺めながら、ぼそっと「手の施《ほどこ》しようがない」と呟いた。

＊＊＊

次の週末、二人は夕方に待ち合わせをしてスーパーとパン屋に寄り、雪野《ゆきの》の部屋で向かい合ってディナーを楽しんだ。雪野の作ったラタトゥイユを、フランスパンに載せて。

「ユキノの手料理……！」と終始立てた尻尾をぷるぷる震わせながら咀嚼する彼に、雪野の表情も自然と緩んでしまう。

今回はスーパーの野菜を使ったが、やはり田舎《いなか》の不揃いな野菜も味わってほしいので、次に母から荷物が送られてくるのが待ち遠しい。

あれから結局、雪野は獅堂《しどう》の部屋の合鍵を返し、彼は隣の部屋を引き払った。代わりに、雪野の部屋の合鍵を渡した。これからは、彼は雪野の部屋に直接来ればいい。雪野も今度、リフレッシュがてら彼の泊まるホテルに連れて行ってもらう約束をした。

食事をしながら、赤城《あかぎ》の従妹との話も聞いた。彼女は獅堂に好意があるというよりは、人間の男性との恋を全否定してくる家族に立ち向かう気力が湧かず、ただ周りの顔色を窺って流された結果、限られた自由の中での選択肢として獅堂を選ぼうとしただけのようだ。

人間の男性に対する彼女の恋心がどの程度のものかは雪野の知るところではないけれど、長年育った環境が彼女の反抗心を抑え込んでいるのかもしれないとも思った。でももし何ものにも代えがたい相手がいるのなら、大切な想いを捨てないための行動を彼女が起こせるように、誰か一人でもその背中を押してくれる味方が現れることを願いたい。

「ユキノ」

食後の後片付けを一緒に済ませ、流し台のタオルで手を拭いたところで名前を呼ばれて振り向くと、少し屈んだ彼が鼻先を雪野の鼻にくっつけてきた。

「ふふ、もう、なんですか」

彼が人懐こい猫みたいにすりすりしてくるものだから、雪野はこそばゆくなって笑みを零す。しばらく鼻先や唇を擦《す》り寄《よ》せて戯《たわむ》れた彼は、やがて温かな胸に雪野を引き寄せた。

「なあ、ユキノ。俺は誰かをこんなにも大切で愛おしく思うのは初めてだ。これは運命だと思わないか?」

その台詞は、まだ彼と出会って間もない頃に言われたものと少しだけ似ていた。しかし今の彼の言葉は、苦しくなるほどの慈愛に満ちている。

「ユキノ、俺のものになってくれるか」

傲慢さの欠片もない、真摯な声が雪野の鼓膜を揺らす。ただ雪野に愛を捧《ささ》げるためだけに、彼は言葉を紡《つむ》いでくれている。優しい匂いを胸いっぱいに吸い込んだ雪野は、歓喜に潤《うる》んだ瞳で彼を見上げた。

「獅堂さん……俺は獅堂さんとは不釣り合いだし、今回みたいに弱点になってしまうこともあると思います。それでも俺は、獅堂さんを手放したくないです。あなたの隣にいられるように精一杯頑張るので、俺をあなたのものにしてください」

一生懸命に伝える雪野に、獅堂の顔がゆっくりと近付いてくる。触れるような口づけを数回繰り返したあと、そっと彼の舌が侵入してきた。人間より少しざらついた舌が、雪野の舌を撫でて絡みつく。

今日の彼は優しすぎて、甘ったるすぎて、尾骨《びこつ》のあたりがぞわぞわと疼く。腰砕《こしくだ》けになりかけた雪野を、彼は壊れ物を扱うように優しく抱きあげて寝室へと運んでいく。

ふわりとベッドに降ろされ、再び眩暈がするような甘いキスに酔わされているうちにシャツを脱がされる。

「んんっ」

彼の大きな手は雪野の腹を撫で、胸の飾りを愛《め》で始《はじ》める。唇を食《は》まれながら左右の胸を指先で弄《もてあそ》ばれ、雪野の中心には淫《みだ》らな熱が溜まっていく。ズボンを押し上げるそれを不意に揉《も》まれ、雪野は顔を赤くして腰を震わせた。

「ユキノ、お前は本当に可愛いな……」

「獅堂さん……っ」

見上げた先にある涼しげな色味の瞳の奥が、熱く燃え滾《たぎ》っている。獅堂は雪野の舌を甘嚙みして一度身を離し、衣服を脱ぎ捨てて生まれたままの姿になった。彫刻みたいな裸体に見惚《みと》れていると、色っぽい笑みを浮かべた彼は雪野のズボンと下着を取り去る。

「あ、んぁ――」

下腹に顔を埋《うず》められたと思ったら抗う間もなく屹立《きつりつ》を口に含まれ、あられもない声を上げてしまった。雪野の羞恥心とは裏腹に、自身は彼の温かな口内でみるみる質量を増し、悦《よろこ》びに蜜《みつ》を溢れさせている。

次第に雪野の先走りと獅堂の唾液《だえき》が会陰《えいん》を伝って後孔《こうこう》を濡らし、奥の蕾《つぼみ》に触れた彼の指が少しずつ中へと入ってくる。

彼は雪野の内側をすぐに懐柔《かいじゅう》し、敏感なしこりをとんとんとノックした。同時に唾液をまとった彼の舌が、裏筋を辿って亀頭《きとう》を執拗《しつよう》に責めてくる。外と中、両方からの刺激に、理性がどこかへ飛んで行ってしまいそうで怖い。

「それ、あぁっ、やだっ……」

雪野が涙混じりの声で身を捩《よじ》ると、獅堂はぴたりと動きを止めて顔を上げ、急いで雪野を抱きしめて頭を撫でてくれる。

「悪い、嫌だったか？　今日はこのまま寝てもいい。温かい飲み物でも用意しよう」

普段通りの鷹揚な声を作ってそんなことを言う彼は、心底雪野を大切に想ってくれているのだろう。傲慢に押し切ることもできるだろうに、そうしないのは、ひとえに彼の真摯な優しさゆえだ。

それならば自分もしっかりと伝えなくては、と雪野は真面目に考え、彼の胸に顔を埋めたまま口を開く。

「ち、違います。嫌だったわけじゃなくて、気持ちよすぎておかしくなりそうな感覚に戸惑ってしまっただけなので……あの、最後まで、してください」

「無理していないか？　本当に、気持ちよすぎておかしくなりそうだっただけなのか？」

「……そうです、無理はしてないですし、本当に、その、そうなので」

「最後までしていいのか？　ここに俺のを入れても？」

大切にしてくれるのは嬉しいが、一周回って言葉責めみたいになっている気がする。しかし彼の声色はいたって真剣なのではぐらかすこともできず、雪野は顔を赤くしながらこくこくと首を縦に振る。

「そうか、ありがとう。でももし、痛かったり怖かったりしたら言ってくれ」

「ん……」

瞼にそっとキスをされ、雪野は小さく返事をした。彼は雪野の蕾に屹立を押し当てたまま、顔中に唇を寄せてくる。

「ユキノ、好きだ、ユキノ」

雪野に覆いかぶさり、何度も愛おしげに名を呼んでくれる彼の吐息が熱を帯びていく。雪野が白銀の頭に腕を回して彼を抱きしめてやると、彼はこめかみにキスをくれた。それと同時に、彼の性器が雪野の隘路《あいろ》を少しずつ割り進む。

獅堂は雪野が不慣れな感覚に涙を零せばそれを舐《な》めとり、苦しくないかと気遣い、髪を撫でてくれた。時間をかけてその剛直を雪野の中に馴染ませるあいだずっと、ペールブルーの瞳に雪野だけを映し続けた。

「も、もう平気だから……、恥ずかしいので、あんま、こっち見ないでください……っ」

最終的に雪野の方が突き刺さる視線に耐えられなくなり、思わず上気した顔で睨んで抗議してしまった。彼は目を丸くしたあと、ふっと安堵したように破顔した。

「普段のユキノのクールな表情も好きだけど、こういうときのユキノは表情豊かでよかった。本当に無理してないってわかるし、何より恥ずかしがってるのがすごく可愛くて、愛おしい」

「……っ」

とろけそうなほどの幸福が滲んだ声で言われて、愛おしさで胸が詰まった。膨《ふく》らんだ想いごと彼の身体を抱きしめたら、耳元で噛みしめるように名前を呼ばれた。

「ユキノ」

甘い低音が自分の名前を紡ぐたびに、雪野の中は歓喜するみたいに彼を食いしめる。全身で彼を欲していることは、すべて伝わっているのだろう。

雪野の気持ちに応えるように、獅堂が抽挿《ちゅうそう》を始めた。ゆっくりと内側を撫でて、最奥に口づけを落とすような動きは嫌になるほど甘ったるい。彼の優しさを煮詰めた律動《りつどう》にじわじわと心も身体も高められ、幸せと安堵と快楽と、すべてが混ざった涙が出てくる。

「愛してるぞ、ユキノ」

不意に、彼と離れていた日々に渇望《かつぼう》していた言葉が降ってきた。

この部屋を訪ねてくる彼が挨拶代わりに何度も口にしたこの台詞に、返事をしようと思ったのはいつだったか。あのときは機会を失ってしまったけれど、ようやく今、いつもよりずっと重みのあるその言葉に返事ができる。

「俺もです……っ」

彼に抱かれ、揺さぶられながら、雪野は掠《かす》れた声で返す。感極まったように顔をくしゃっと歪めた彼は、雪野の唇に噛みついて、腰の動きを速めた。

「ユキノ、お前が愛しくてたまらない。俺に縋る腕も、俺だけを見てくれる瞳も、俺を包んでくれるこの中も、もう二度と、絶対に離さない」

「は、い……っ、俺も、ずっと獅堂さんと、一緒にいたい――」

無我夢中で腰を打ちつけてくる獅堂に、雪野はぐずぐずになりながら必死に頷く。獅堂の動きは激しさを増し、快楽で目の前がちかちかと点滅する。

「ユキノ……っ」

「――っ」

ごり、と最奥《さいおう》を穿《うが》たれた雪野は、彼のキスで唇を塞《ふさ》がれたまま声も出せずに果てた。絶頂の最中、身体の奥で彼が弾けるのを感じる。

「ユキノ……、頭、こっち」

互いの息遣いしか聞こえない部屋で、汗だくの身体を彼に抱き寄せられた。腕枕をされて髪を梳《す》かれると、ついうとうとしてしまいそうになる。

「寝る前に、シャワーを浴びた方がいいな。少し準備をしてくる」

雪野の額にキスを落としてベッドから出ようとする男の背中に、雪野はぎゅっと腕を回した。今はまだ、彼と無性にくっついていたい。振り向く獅堂に視線でそう訴えたら、彼はじわじわと頬を赤らめ、すぐに雪野の倍以上の力で抱擁《ほうよう》を返してくれた。

「あぁ、こんなに幸せな夜は初めてだ！」

「ぐえ、苦しいですってば」

感激の雄叫《おたけ》びを上げる彼に苦笑しつつ、なんでも持っているくせに少しのことで大喜びしてくれるこの男をもっと幸せにしてやりたくなって、雪野は彼の腕の中で顔を上げる。

「獅堂さん、大好きですよ」

「……！　俺も愛してるぞ、ユキノ！」

愛の言葉を伝えるのは照れるけれど、こんなに喜んでもらえるなら悪くない。

眉尻を少し下げて甘えたような笑顔を向けてくる彼に愛おしさがこみ上げてきて、雪野は彼の鼻先にキスをした。

新人外科医は白獅子に溺愛される

その日の病棟業務と雑務を終えた雪野瑠依《ゆきのるい》は、帰り支度《じたく》をすべく管理棟にある医局へと急いでいた。定時を少し過ぎてしまった。クリーム色のリノリウム製の床を鳴らす足音は、心なしか弾《はず》んでいる。

「雪野先生、お疲れっす。今日はラボ室行かないんですね」

曲がり角を曲がったところで、向こうからやってきたイヌ獣人の青年が、ゴールデンレトリバーそっくりの顔でにこりと笑う。イヌ耳と同系色のハニーベージュの彼の髪が、雪野の目線よりも高い位置でふわりと揺れた。

「山吹《やまぶき》先生、お疲れさま。これから手技の練習？　俺、今夜は用事があってあまり残れないんだけど――」

「平気、平気。一通りは教えてもらったし、あのくらいは一回見れば覚えられるんで大丈夫っすよ。じゃ、俺はこれで」

「あ、あぁ、そう」

大きな垂れ目が特徴的《とくちょうてき》なモデル体型の彼――山吹猟《りょう》はつい先日、研修ローテーションで外科に回ってきた一年目の初期研修医だ。雪野は先輩として、彼を多少気にかけるようにしている。

山吹は言動こそチャラいものの地頭《じあたま》はよく、獣人ならではの鋭い感覚も相まって大抵のことは器用にこなす。数日前、ラボ室で初めて触ったシミュレーターを難なく操っていたし、縫合《ほうごう》の練習をさせたところすでに雪野と大差ないスピードだった。きっと彼は外科でのローテーションが終わるまでの数ヵ月で、めきめきと成長していくのだろう。

——俺のことをうっすら舐《な》めている気配がするのは、なんというか、獣人あるあるだな……。

真横をすり抜けて反対方向に歩いて行く彼を振り返って一瞥《いちべつ》した雪野は、ひそかに肩を落とし、すぐにいつもの無表情に戻る。

誰にでも愛想がいい山吹だが、雪野に対して、というか歳の近い人間の医師に対して、どこか侮《あなど》ったような態度が透けて見えるときがある。優秀な獣人というのは、得てして凡庸《ぼんよう》な人間の同僚には上から目線になりがちなのだ。同期のアライグマ獣人の新谷《あらや》がたまたま気弱でお人好《ひとよ》しな性格なだけで、山吹のような獣人は珍しくない。

もちろん社会人として度を超すようであれば指摘するつもりだが、彼からは悪質な雰囲気も感じられないし、むしろ陽キャでコミュニケーション能力は高く、なんだかんだ周囲ともうまくやるような気がする。そんなわけで、雪野はとりあえず静観することにしている。

「って、こんなところで突っ立ってる場合じゃない。帰りの支度をしないと」

去っていく山吹のふさふさの尻尾《しっぽ》が左右に揺れるのを見ていたら、先端にふさ毛のついた愛《いと》しい白い尻尾を思い出し、雪野は慌てて医局に向かって足を進めた。

今夜はつい最近交際を始めた大好きな彼と、デートなのだ。

「獅堂《しどう》さん。すみません、遅くなりました」

「ユキノ、お疲れ。そんなに待っていないから気にするな」

スクラブ白衣からスーツに着替えた雪野が、駐車場で待つオフホワイトの外車の助手席に乗り込むと、獅堂王牙《おうが》は甘い笑みを返してくれた。白スーツの上下に白いベスト、黒いワイシャツに薄桃色《うすももいろ》のネクタイを、彼は今日も自然に着こなしている。

「……あれ？　むしろどうして獅堂さんが俺より早く上がってるんですか？　今日は脳外科で長時間の手術が詰まっていたのでは」

「あぁ、なかなか忙しい一日だった。当然手術はすべて成功したが、ランチの時間があまり取れなくて」

「ランチを気にする余裕があったんですか……」

通常であれば六時間以上かかる高難度手術を三本くらい執刀《しっとう》したはずなのに、彼は涼しい顔でほぼ定時に退勤している。もはや時空が歪《ゆが》んでいるとしか思えない、と遠い目をする雪野に、彼が「そういえば」と向き直った。

「さっき話していたイヌ獣人は研修医か？　遠目に見ただけだが、見覚えのない顔だったような」

雪野より一足早く仕事を上がった彼は、帰りがけに先程のやりとりを見かけたらしい。

今週、獅堂は昨日まで海外で仕事をしていたので、山吹を知らないのは当然だ。一年目の研修医だと簡単に説明してやったら、獅堂が「で、ユキノはどうして少しがっくりしていたんだ？」と首を傾《かし》げる。

一瞬肩を落としたところも見られていたようで、少し決まりが悪い。

「ええと、うっすら舐められている感じがして……」

「何か言われたのか？」

「いえ、そういう深刻なものではなくて。俺も先輩として手本になれるようもっと頑張らないとな、と。実際の仕事ってこつこつ積み上げていかないといけないことも多いので、そういう部分をうまくサポートしていきたいです」

獅堂のように全方位にずば抜け過ぎている場合は別として、医師の仕事というのは獣人の優《すぐ》れた能力値があれば何でも解決できるわけではない。何を経験して何を学び、何を考えるか――そういった過程すべてが成長の糧《かて》となる。

「まあ研修医時代の俺と比べたら彼の方が余程優秀ですけど、俺も一応先輩なので、自分にできる形で背中を見せていこうと思います」

以前だったらもっと切羽《せっぱ》詰まった捉《とら》え方《かた》をしていたかもしれないけれど、雪野は獅堂と出会って、仕事への向き合い方が前向きになった。そんな雪野の変化を彼も喜ばしく思ってくれているようで、微笑《ほほえ》みを浮かべて相槌《あいづち》を打ってくれる。

「少しくらい愚痴ってもいいのに、相変わらずユキノは真面目《まじめ》だな。でもそういうまっすぐで努力を惜しまないところも好きだ。あぁ……俺はユキノが大好きだぞ！　愛してる！」

「わ、わかりましたから。急に目をカッと見開かないでください」

慈《いつく》しむような表情で雪野の話を聞いていた彼は、唐突に愛を叫んだあとフフンと鼻を鳴らし、ゆっくりと車を発進させた。彼のマイペースは通常運転である。


これまでも何度かデートはしているものの、獅堂の宿泊しているホテルに招待されるのは初めてだった。

ラウンジで軽く夕食を摂《と》ったあと、窓から都会の大パノラマが一望できる地上五十階のロイヤルスイートに案内され、雪野はその内装を興味津々《しんしん》に見渡した。リビングのテーブルは大理石で、大きなソファは見るからにふかふかで座り心地がよさそうだ。調度品は全体的にクラシカルな洋風で、華やかな獅堂によく似合う。

浴室も夜景を楽しめるビューバスになっており、楕円形《だえんけい》の湯船は縦も横も広々している。

──絵に描いたようなセレブホテルだ……。

非現実的な空間に口を開けて感心する雪野を横目に、彼が鼻歌混じりにバスタブに湯を張り始める。

「ユキノ、一緒に入ろう。外の景色を眺《なが》めながら湯船に浸《つ》かるのは気持ちいいぞ。まあ俺はお前を眺めるつもりだけどな」

「な、何言ってるんですか、嫌です――」

一緒に入るのは恥ずかしい、と反射的に断ってしまってから、雪野はハッと獅堂を見た。わずかにしゅんとしたあと、鷹揚《おうよう》に微笑んで頭を撫《な》でてくれる彼に、初夜のデジャヴを感じる。

「悪い、一日働いて疲れてるよな？　今日はこのままのんびりしようか」

交際前に発情症状で雪野を襲いかけたことや、赤城《あかぎ》の策略で冷たい態度をとって傷付けたことを深く反省している彼は、雪野が嫌がることは絶対にしないと心に誓《ちか》っているらしい。照れ隠しでノーと言っただけでも彼は真摯《しんし》に受け止めてくれるので、こちらも正直に返さなくてはいけなくなり、かえって羞恥《しゅうち》に悶《もだ》える事態になってしまう。

他人の気持ちなんて大して気にしてこなかったナチュラルボーン傲慢《ごうまん》な彼が、気遣《きづか》い初心者なりに健気《けなげ》な思いやりを見せるものだから、怒るわけにも誤魔化すわけにもいかず、逆につらい。

「……すみません、今日はそこまで疲れてないですし、あの、お風呂も一緒に入りたいです」

雪野が一つ一つ真面目に訂正するにつれ、彼の丸いライオン耳がぴくぴく動き、尻尾が立ち上がっていく。

「本当に？　俺と一緒に風呂に入りたい？　シャワーの下でユキノの身体を全身くまなく洗って甘いひとときを過ごしてもいいか？　終わったらユキノを抱っこして湯に浸かっても？」

お湯が溜まっていく音が響く部屋で、雪野は首をこくこくと縦に振り――。

気付けば浴室の壁に手をついて脚を開き、背後に立つ彼に尻を突き出した格好で、蕾《つぼみ》の奥を彼の指で掻《か》き回《まわ》されていた。

「ユキノ、痛くないか？」

「……っ、もう、大丈夫ですからっ」

こんなときでも神の手の力をいかんなく発揮《はっき》した獅堂が、美しい指を的確に動かして雪野を追い詰めていく。思いが通じ合ってから何度か身体を繋《つな》げているが、彼は毎回、それはそれは非常に丁寧に雪野の中を解《ほぐ》してくれる。前に回した彼の手でゆるゆると屹立《きつりつ》を扱《しご》かれながら長い指で後ろを暴かれると、あられもない声が出てしまうほど気持ちいい。

「あっ……」

不意に彼の指が、雪野の弱いところを掠《かす》めた。危うく極まりそうになって切なく喘《あえ》いだ雪野の後孔《こうこう》から、獅堂の指が引き抜かれる。代わりに後ろから両手で腰を掴まれて、蕾に熱い切っ先を当てられた。与えられる快感への期待と高揚《こうよう》で、背中がぞくぞくと震える。

「……んんっ」

ゆっくりと押し入ってくる獅堂の剛直を、散々解された雪野の後孔がぐぷりと飲み込んだ。半《なか》ば壁に凭《もた》れるようにしてはあはあと荒い呼吸を繰り返す雪野のうなじを、獅堂はネコ科のざらついた舌でぺろぺろと舐《な》めてくる。腹の奥が獅堂の形に慣れた頃、顔だけ振り向くと、少しだけ余裕のない顔をした彼に唇を奪われた。

「ユキノ、愛してるぞ」

「ん、俺も、です」

深い口づけの合間に愛を囁き合い、両腕で腹をがっちりと固定された体勢で抽挿《ちゅうそう》が始まった。口内を犯されながら奥を抉《えぐ》られ、痺《しび》れるような快感が全身を駆け巡《めぐ》る。

「獅堂さんっ、俺、もう——」

「あぁ、ユキノ……っ」

何度も最奥《さいおう》を突かれた雪野は、脚をがくがくと震わせて極まった。同時に雪野に締め付けられた獅堂の熱い飛沫《ひまつ》が、中に放たれるのを感じる。吐息のかかる距離にある彼の顔は、きつく目を閉じて精を放つ快感を噛みしめている。色気の溢れるその表情を、雪野は絶頂の余韻《よいん》で朦《もう》朧《ろう》としながらも間近で堪能《たんのう》したのだった。


情事後、雪野は彼に抱《かか》えられてまったりと湯船に浸かった。甘い会話を交わしている最中、背もたれになってくれる彼の方をなんとなく振り向いたら、お湯も滴《したた》る美形に微笑みかけられて視線が彼に釘付《くぎづ》けになってしまい、自慢の夜景はろくに眺めることはできなかったけれど。

バスローブに着替えて髪を乾かしたあと、二人は寝室に戻ってきた。ひと心地ついてようやく、雪野はベッドサイドに飾られているライオンのぬいぐるみに視線をやる。

「本当にすごい飾られ方してますね。こいつめ、ワンコインで獲《と》られたくせに……」

かつて自分がクレーンゲームで獲ってプレゼントしたものが、宝石で装飾された祭壇《さいだん》のようなディスプレイケースに堂々と鎮座《ちんざ》している。

まさかこの透明のキラキラした石、ダイヤモンドじゃないよな……と戦々恐々としつつ誇《ほこ》らしげなぬいぐるみをじっと見つめた雪野は、なぜかたてがみが一定方向に流れていることに気が付いた。隣に寝転んだ獅堂が雪野の視線を辿《たど》り、決まりが悪そうに前髪をかき上げる。

「……たまに寝る前に撫でたりしているんだ」

一人でぬいぐるみを撫でていることがバレて恥ずかしいのか、彼は少し口を尖《とが》らせているけれど、ただ飾られているだけよりも大切にされている感じがして嬉しい。顔を綻《ほころ》ばせた雪野が彼の胸板に擦《す》り寄《よ》ると、両腕でぎゅうぎゅうと抱きしめられる。

「腰は痛くないか？　つらいようならマッサージをしようか？」

——獅堂さん、帰国した翌日に東凰《とうおう》で高難易度のオペを三つこなして、ドライブして、俺を抱いて後始末もしてくれたのに、俺より全然元気なんだよなぁ……。

獅堂は基礎体力が桁《けた》違いの大型獣人で、雪野は標準的な人間だが、違いはそれだけではない。恋人同士の甘い触れ合いに不慣れな雪野は、情事のあと余力がまったくなくなってしまうのだ。日常生活では雪野だって医者として問題なく働ける体力はあるのに、大きな快楽を与えられると頭も身体も追いつかず、少し抱かれただけで全身がふにゃふにゃになる。

「大丈夫ですよ。……獅堂さん、今日も優しかったですし」

そう、本当に優しかった。というか、雪野に合わせてくれている。先ほど湯船で雪野を抱えているときも、彼の下半身は明らかに二回戦目を希望していたのに、獅堂は足腰に力が入らない雪野に手を出さなかった。雪野がおずおずと「もう一回しますか」と尋ねてみても小さく笑ってキスをされ、「声が掠れてる。そろそろ上がって何か飲もうか」と逆に労《いたわ》られる始末で――嬉しいような、不甲斐《ふがい》ないような。

「当たり前だろう。お前は世界で一番大事な人だからな。はぁぁ……俺と同じシャンプーの匂いがするユキノ、愛しい……」

マタタビを与えられた猫のように喉をごろごろ鳴らしてつむじに頬擦《ほおず》りしてくる彼に、雪野は抵抗を諦《あきら》め、されるがままになる。

「幸せだな。このままずっとこうしていたいくらいだ。……向こうに戻ったらこういう時間も減ってしまうからな」

獅堂は数ヵ月後にはアメリカでの仕事を中心とした生活に戻る。東凰に来てすぐの頃、彼は雪野をあちらに持ち帰る前提で口説《くど》いていたし、日本に収まる才能ではないので、これは最初からわかっていたことだ。

「それは……仕事なんだから仕方ないです。もともと日本に定住する予定でもなかったでしょう」

物わかりよく答えてはみたものの胸がぎゅっとなってしまい、雪野はつい目を伏せた。勤務時間中は目の前の仕事に集中しているし、今夜は甘い時間に浸《ひた》っていたから頭の片隅に追いやられていたが、近いうちに二人は遠距離恋愛になる。

互いに納得はしており、前向きに頑張ろうというスタンスではあるものの——雪野は恋愛自体が初心者なので遠距離のハードルがまったくないとは言えない。

今はまだ獅堂のアメリカでの仕事の割合が若干《じゃっかん》増えた程度で、それなりに会えているのであまり実感は湧かないけれど、逢瀬《おうせ》の数が減るにつれて少しずつ不安なことが増えていくのだろうか。そう考えると落ち着かない気持ちになる。

彼はそんな雪野に慈しむような眼差《まなざ》しを向けて、鼻先にキスをしてくれる。

「まったく、かつての俺に、ユキノは旅行のお土産《みやげ》と違って気軽に本国に持ち帰れるものではないからもっと綿密に予定を立てておけと教えてやりたい」

「それは……そうですね。ちょっとフォローできないです」

出会った頃の——傲慢全開期の彼の浮世《うきよ》離れした思考に、雪野はがっくりと脱力する。ジト目になった雪野の髪を、自信満々に口角を上げた彼が優しく撫でる。

「心配するな、ユキノ！　今よりは会えなくなるが、メッセージは毎日送る。お前が寂しくないように自撮《じど》りもつけよう。時間が合う日はビデオ通話もしたいな」

「……はい」

「もちろん長期的にはお互いのライフプランに合わせて、末永く一緒にいられるように調整す

るからな」

「……はい」

「距離だって、そんなに大したことはない。俺は山手線《やまのてせん》に乗るくらいの気持ちで飛行機に乗る男だぞ。月に一、二回はゆっくり会えるよう予定を組むつもりだし、いざというときは仕事の合間にビュンッとひとっ飛びで駆けつける。ユキノを不安にさせたりはしないから安心してくれ！」

「はい。……というか獅堂さん、山手線より飛行機に乗ることの方が多いでしょう」

「それもそうだな」

雪野の不安を察知してか、獅堂は軽口を挟《はさ》みながら堂々と誓ってくれる。寂しさや不安はあるけれど、彼のゆるぎない態度からはたしかな愛情が伝わってきて、雪野は顔を綻ばせた。

「可愛《かわい》い笑顔だ！　よし、もっと笑顔になれるようにこうしてやる」

優しく笑んだ彼は自分の尻尾を手前に引っ張り、先端のふさ毛で雪野の鼻先をこしょこしょ撫でる。これをされると心が安らぐのは、付き合う前から変わらない。ふさ毛は偉大である。

「ふふっ、くすぐったいですってば」

「ユキノ、愛してるぞ！」

今はまだ心の準備ができていないけれど、遠距離と言ってもまったく会えなくなるわけではないのだから、多少離れてもどっしり構えていられるように、恋人としても成長しなくては。

「俺も、愛してます」

まずは愛情表現から、と雪野が意気込んで愛の言葉を返すと、ごろごろごろ……と喉を鳴らした彼が愛おしげにすりすりしてきた。

自分たちの恋は遠距離なんかに負けない。きっと大丈夫だ。

＊＊＊

それから数日後。雪野《ゆきの》は東凰《とうおう》の手術室にて、朝一で行なわれる獅堂《しどう》のオペに見学で参加していた。隣には新谷《あらや》と、研修医の山吹《やまぶき》もいる。

「シカ獣人の胆嚢腫瘍《たんのうしゅよう》に対して、胆嚢と肝臓の一部の切除を行なう。所要時間は一時間以内。……せっかくの機会だ。若手は近くでよく見るといい」

この内容で、しかも患者が獣人となれば、普通は五時間くらいかかるのだが——彼は悠然と患者の右側に立ち、見学している雪野たちを気まぐれに呼び寄せた。それなりに大変な手術のはずだけれど、獅堂の表情に不安や緊張の色は見られない。

みんなで執刀医である獅堂の背後に集まり、彼の手元に熱視線を注ぐ。

「メスを」

右手を出した彼に、手術器械を渡す担当の看護師がメスを手渡す。そこからはただひたすら、すさまじかった。いつも以上に神業《かみわざ》のような手技を炸裂《さくれつ》させた獅堂は、目にもとまらぬ速さで患部の処置を完了させ、最後の皮膚《ひふ》の縫合を助手の茂草《もぐさ》に任せて、颯爽《さっそう》と手術室を出て行った。このあと心臓外科手術が控《ひか》えているらしい。

「獅堂先生、相変わらずやべえな。無駄な動きが一切ない」

「出血量もかなり少ないですね。患者さんの身体への負担が最小限だ」

患者の腹を閉じた茂草とすぐ近くにいた新谷が、熱っぽく呟いた。他の面々も、普段より興奮気味に手術室をあとにする。雪野も頭の中で獅堂の手技を反芻《はんすう》しながら廊下を歩く。そこでふと、後ろから山吹がとぼとぼとついてくることに気付いた。

「山吹先生、どうかした？」

すっかりおとなしくなってしまった山吹に雪野が声をかけてやると、彼はがっくりと項垂《うなだ》れた。

「俺、獣人の中でも感覚が鋭い方らしくて、大抵のことはすぐにできるようになるんですよ。だから俺なら一回で感覚を摑んでマスターできることを、直感やセンスすら持たない人間が反復練習とかしてるのを見て、正直ちょっと舐めてました」

正直すぎる暴言に虚無顔になった雪野に、山吹が慌てて「違いますす違います」と顔の前で手をわたわたさせる。

「そうじゃなくて、獅堂先生のオペを見ていたら、あの人にとっては獣人も人間も大差なく平凡なんだなって気付いたというか。で、頭が冷えたら、上には上がいるのに、ほんの少し同期の中で優秀だったたってだけでドヤってた自分が恥ずかしくて……雪野先生にもそういう失礼な考えが透けて見えることがあったと思うので、その、ごめんなさい」

ただでさえ垂《た》れたイヌ耳はしゅんと伏せられ、尻尾もだらんと下を向いている。その姿は叱《しか》られた犬そのもので、彼の言葉に嘘がないことがわかる。

――もしかして獅堂さんは気まぐれで若手を近くに呼び寄せたわけじゃなくて、これを狙《ねら》っていたのか……？

仕事では雪野を決して贔屓《ひいき》しない獅堂だが、先日車の中で山吹の話をしたのを覚えていたのだろう。手本になれるように自分にできる形で背中を見せていくと宣言した雪野を鼓舞《こぶ》するかのように、獅堂は山吹にその偉大すぎる背中を見せつけてくれた。

そして間近で神の手の執刀を見せることで「殊勝《しゅしょう》に学べ」と遠回しに活《かつ》を入れた獅堂の真意を、山吹はきちんと汲《く》み取った。医者になりたてでイキリ気味だっただけで、すぐに反省できる彼もまた賢い男なのだ。

「いいよ、気にしてない。それより病棟業務、早く行こう」

獅堂にしかできない背中の見せ方に内心で惚《ほ》れ直《なお》しつつ、雪野は反省中の後輩の肩をしれっとした顔で叩く。

「……というか獅堂先生の手術、本気で理解できなかったんですけど。胆嚢摘出手術の予習はしてきたのに、あれ、一般的な手順と全然違いましたよね？　途中から完全に置いて行かれたし、あとで手術映像を見直さないと……」

隣を歩きながら頭を抱《かか》える山吹に、雪野は苦笑する。自分が一年目の頃はもっと低いレベルのことで唸《うな》っていたけれど、悩み方は似たようなものだ。感覚でできてしまうことが多い山吹も、できないことはしっかり認めて悩むらしい。

「たしかに手順はかなり独特だったな。動物のシカは胆嚢をもともと持たないから、シカ獣人の胆嚢も普通とは少し違った付き方をしているだろ。だから獅堂先生は最初に――」

手術室を出ながら脳内で反芻してまとめた内容を噛み砕《くだ》いてやると、彼はぎょっとしたように目を見開いた。

「な、なんで一回見ただけでそこまで理解できるんですか」

「いや、過去の症例で似たようなのがあったから。で、今回の手術の最大のポイントは獅堂先生の神の手でしかできないこの工程で――」

しれっと説明を続ける雪野に、山吹は信じられないものを見るような目を向けてくる。

「雪野先生、もしかして天才肌……？」

「は？　このくらい、努力でどうにでもなるだろ。手術映像や論文を漁《あさ》って頭に入れて、毎日症例ノートをつけて復習がてら自分ならどうするか考察するだけなんだから」

自分には経験も才能も足りないとわかっているからこそ、今いる環境を活《い》かし、今できる最大限の努力を積み重ねるのは当たり前のことだ。そこに焦燥《しょうそう》が含まれていた時期もあったけれど、最近はただひたむきに自分の成長と向き合っている。

雪野が飄々《ひょうひょう》と答えたら、何かが山吹の琴線《きんせん》に触れたらしく、彼の毛足の長い尻尾がパタパタと揺れだした。

食堂でランチを終えた雪野が病棟に向かっていると、反対方向から獅堂が悠々と歩いてきた。プライベートの「獅堂さん」呼びにならないように気をつけながら、ビジネスライクに声をかける。

「獅堂先生、今からお昼ですか?」

「あぁ、ユキノは食べ終わったところか。一緒に食べたかったが、今日は手術が詰まっているから仕方ないな」

肩を竦《すく》めた彼に、雪野も「お疲れさまです」と表情を緩《ゆる》める。軽く立ち話をするついでに、雪野は朝のオペについての自分なりの考えと、獅堂の超絶手技のおかげで山吹の態度がいい方向に変わったことを話した。嬉しそうに笑った彼が、ぽんぽんと頭を撫でてくれる。

「さすが、勉強熱心だな。獣人と動物の身体構造を照らし合わせてきちんと考えられている。それと山吹の件については、俺は遠回しにきっかけを与えたに過ぎない。ユキノの日々の努力があってこそだと思うぞ!」

「……っ、そうでしょうか」

大きな手で髪を撫でられると、つい恋人としての時間を思い出してしまい、雪野はじわじわと頬を赤らめた。仕事中に何を考えているんだ、と自分を叱咤《しった》したものの、赤面した雪野を見て獅堂もスイッチが入ってしまったらしく、ペールブルーの瞳に甘い色が混ざり始める。

「はいはい、そこまで。ストーップ。離れて離れて」

「あ、赤城《あかぎ》教授」

呆《あき》れたような声が聞こえたと思ったら、キツネ獣人の赤城が二人のあいだに割って入り、雪野たちを現実世界に引き戻してくれた。獅堂の手術により一命を取り留めた彼は、一週間ほど入院したあと外科部長代理として復帰した。

獅堂の神の手のおかげで傷が最小限で済んだとはいえ、あれだけの手術を受けたにも拘《かか》わらず何事もなかったかのように働いているのは大したものだと思う。実際は人並みに弱っていて、仕事への情熱と根性でカバーしているのかもしれない。

「君たち、今はたまたまひと気がなかったからいいけど、廊下で見つめ合うのはやめなさい。雪野先生、君は普段はスンッと無の境地みたいな顔をしてるのに、何うっかり頬を上気させているんだ」

「す、すみません」

頭を下げる雪野に「気を付けてね」と言った赤城は、今度は獅堂に向き直る。

「それと獅堂。雪野先生と目が合っただけで、いい歳して職場で喉をごろごろ鳴らすな！　尻尾を立てて震わせるな！　尻尾の先端のふさふさした毛、全部刈《か》り取《と》ってやろうか」

「気を付ける。……お前、俺への当たりがきつくないか」

「僕はもともと、僕より優秀なやつは嫌いなんだ」

顔を引き攣《つ》らせる獅堂に、赤城がフンッと鼻を鳴らす。

「まあ、僕の私情はともかく、君たちが恋仲だとバレたら――獅堂はアメリカに戻るからあまり関係ないけど、雪野先生が東凰に居づらくなるんだよ。せっかく人間の新人にしてはそこそこ優秀な人材なのに、天才に媚びているとか言われて叩かれたら勿体ないじゃないか。僕が言うのもなんだけど、獅堂だって僕に嵌《は》められかけて、彼の立場の弱さは理解しただろ？」

「うっ……お前が言うか、と言いたいところだが、反論はできない」

獅堂のライオン耳がぺたんと伏せられる。

「もちろん二人で仲良く話すだけなら、フレンドリーな王族から市井《しせい》の様子を聞かれる村人の図にしか見えないから、誰も恋愛関係だと疑ったりはしないよ。でも露骨《ろこつ》に甘い雰囲気を出すのは控《ひか》えた方がいい。君たちの関係は隠さないといけないものではないけれど、隠しておいた方が結果としてお互いを大切にできることもある」

「はい……村人で悪かったですね、と言いたいところですけど、ご指摘はごもっともです」

甘いマスクが台無しの心底嫌そうな顔をした赤城から真っ当な注意をされ、獅堂と雪野は二人してしゅんと小さくなる。公私混同はしないつもりだったが、両想いになって気が緩んでいたのかも、と反省していると、赤城が大げさに溜息を吐《つ》いた。

「言っておくけど、医局の人間関係が悪化したら出世に響くから気にしているだけで、別に君たちを応援しているわけではないから勘違いしないでね。はあ、僕はもうすぐ本院に戻るって言うのに、まったく世話が焼ける……」

やれやれ、と言いながら踵《きびす》を返して去っていく彼は、途中で看護師に話しかけられて即座に人当たりのいい笑みに切り替えていた。柔和《にゅうわ》な教授を演じる方針は変わらないらしい。

まあ本性がバレている自分たちには——特に付き合いの長い獅堂には遠慮《えんりょ》なく毒を吐いてくるものの、それでもなんだかんだ気にかけてくれているような気がする。もうすぐ本院に戻るなら雪野たちのことなど放っておいてもいいのにわざわざ注意しに来てくれるあたり、根がお節介な気質なのだろう。

よく見るとキツネ尻尾の毛並みが若干荒れているので、もしかしたら赤城の従妹《いとこ》と獅堂の件を白紙に戻したことで、叔父《おじ》の院長からの心証が悪くなったりと気苦労は増えてしまったのかもしれないけれど、彼の表情は以前よりもどこか明るい。

「……赤城教授、あんなふうに言いつつ俺たちのこと応援してくれてますよね」

「しかもユキノに対しては結構正当な評価をしていたな。俺には辛口《からくち》だけど」

赤城の背中を見送りながら、雪野が「無意識にうっとりしないように気をつけます」と真面目に反省すると、獅堂も「無意識に喉を鳴らさないように気を付ける」と頷き、互いに顔を見合わせて、ぷっと噴き出した。

＊＊＊

休日も普段と同じ時間に起床《きしょう》して、朝食を食べ終えると部屋を片付け、机に向かうのが雪野《ゆきの》のルーティンだ。

その日も朝から黙々と論文に向き合い、獣人医療を学ぶうえで参考になりそうな獣医学の勉強に取り組んでいた雪野は、ピピピとタイマーが鳴ったところで一旦《いったん》切り上げる。

今週、獅堂《しどう》は彼の本拠地《ほんきょち》であるアメリカの病院で仕事をしている。基本的には時差などを考えてメッセージアプリでのやりとりが中心だが、今日は互いに時間の都合がつくということで、事前にビデオ通話をしようと約束していた。なんとなく前髪を手櫛《てぐし》で整えてからＰＣでビデオ通話アプリを繋ぎ、そわそわと壁の時計を見る。

『ユキノ！　お疲れ、いや、そっちはおはようだな』

「獅堂さん、お疲れさまです。あ、食事中ですか？」

時間になると、画面に獅堂の笑顔が映《うつ》し出《だ》された。現在彼がいるエリアとは十四時間程度の時差があるので、向こうは夕方だ。

彼は軽食を摂っていたらしく、背後には高級ホテルのラウンジのような景色が広がっている。

……が、これが病院の敷地内にある職員用のカフェだというのだから、さすがは世界のエリートが勤める一流病院だと感心するほかない。

『食後のコーヒーを楽しんでいたところだ。仕事のあとはここで一服するのが好きでね。ユキノは朝から勉強していたのか？　そういう熱心なところ、好きだぞ。もちろん俺のホテルに泊まった日の朝みたいな、ベッドから出ようとした俺に寝惚《ねぼ》けて抱きついたままぽやぽやしているユキノも愛らしくて大好きだけどな』

「今すぐ記憶から消してください」

顔から火が出そうになるのを堪《こら》えて画面越しに獅堂を睨《にら》みつけると、彼が猛烈な勢いでクリックする音が聴こえてきた。

『ビデオ通話も悪くないな……。通話中のフォト機能で、ユキノの可愛い照れ顔が撮り放題だ。メッセージアプリで、ユキノが慣れない自撮りを送ってくれるのもかなりときめくけど』

最近、メッセージのやりとりの最後に自撮りをつけてくる彼に催促《さいそく》されて、雪野も渋々自分を撮って送っている。

海外の建物や街を背景にモデルのような決め顔をした獅堂の目の保養になる自撮りと違って、ほぼ自宅でスンッとした顔の自分の写真などもらっても嬉しくないのでは――と思うものの、彼はいつもこちらが引くほど喜んでくれるし、遠距離生活の練習にもなるだろうということで、雪野は真正面から見たチベットスナギツネのような一枚を毎日彼に送りつけている。

獅堂の豊かすぎる愛情表現には到底敵わなくとも、雪野も不慣れなりに恋人らしいことをして応《こた》えようと試行錯誤中《さくごちゅう》なのだ。

そうは言ってもさすがに今、通話中の表情を撮られるのは恥ずかしい。少しむくれた雪野が「獅堂さん！」と呼びかけると、彼はハッと我に返ってぱちぱちと瞬《まばた》きをしてから、カメラに向かってウインクした。

『すまない、あまりに愛おしくて。お詫《わ》びにユキノも俺を撮っていいぞ』

「自分の写真がお詫びになると信じて疑わないところが獅堂さんらしいですね……」

悔《くや》しいので半目になった瞬間を撮ってやろうと思ったが、写真写りまで天才的な彼は毎秒がベストショットで、画像フォルダが無駄に潤《うるお》って謎《なぞ》の敗北感を味わうだけに終わった。

虚無顔になる雪野に甘い笑みを向けてくる彼の背後が、そのとき不意に騒がしくなった。あちらの同僚がビデオ通話をする獅堂を見つけて集まってきたらしい。一流病院に勤めているのだから、全員もれなく優秀なのだろう。白変種こそいないが、そのほとんどが獣人だ。

画面の向こうでは「ワオ、君が噂《うわさ》のユキノか」「人間の男の子がステディって本当だったのね」「普通の子じゃないか。大丈夫？」と英語の会話が飛び交っている。

『こら、俺のユキノをじろじろ見るな』

わりと気安い関係のようで、獅堂は笑いながら「しっしっ」と野良犬を追い払うような仕草をしているが、彼らは構わず雪野の方を見て「あのオウガが相手じゃ大変だろう」「まだ若いんだ、頑張れ」「諦《あきら》めた方がいいんじゃないかしら」などガヤガヤしている。

学生時代から勉強熱心だったおかげで英語での会話には抵抗がない雪野だが、全員が一斉《いっせい》に大きな声で喋《しゃべ》るものだから、中途半端にしか聞き取れない。そうこうしているうちに獅堂がくるりと彼らの方を向いて、がるる、と低く唸った。

『俺は今、可愛い恋人とオンラインで大事な逢瀬をしているんだ。みんなさっさと帰れ。ケビンは家で奥さんが待ってるだろう。マリーだって今夜は旦那と子どもと一緒に出掛けるって自慢していたじゃないか、まったく。おいポール、ユキノに投げキスするな。お前の身体の大事な部分を摘出《てきしゅつ》するぞ』

獅堂に威嚇《いかく》された面々は、「オウガが怒った!」と一目散《いちもくさん》に散っていく。

——なんというか、パワフルな人たちだ……。

彼らのテンションには圧倒されたものの、みんなフランクでいい人そうではあった。

全員雪野のことを知っていたので、獅堂は親しい同僚にだけ自分たちの関係を明かしたのだろう。国内では雪野の立場を考えると、赤城《あかぎ》に指摘された通り関係を大っぴらにできないが、彼のホームであるアメリカではそこまで神経質に隠す必要もない。

とはいえ、超エリートの白変種獣人と平凡な人間で同性同士という組み合わせは、珍しがられている様子だった。敵意や悪意は感じなかったけれど、雪野を見た瞬間の彼らの瞳には若干の戸惑いが滲《にじ》んでいた。

マリーと呼ばれたトラ獣人の女医は「諦めた方がいいんじゃないかしら」と言っていたし、全員一致で祝福してくれているわけではないのかもしれない。

——……なんかモヤモヤする。

彼女が獅堂と同年代の、聡明そうな美人だったからだろうか。赤毛に黒メッシュの入った長い髪と、気の強そうな猫目が魅力的な女性だった。

いや、いくら彼女が美人でも、さすがにそれだけで嫉妬《しっと》するのはいかがなものか、と雪野は自らに問いかける。獅堂と雪野の関係には賛成ではない様子だったが、彼女は別に横恋慕《よこれんぼ》をしようとしているようには見えなかった。聞こえてきた会話の端々《はしばし》から、マリーが夫と子を愛していることは明らかだったし、そもそも獅堂が浮気をするとは思えない。

冷静に考えろ、完全に杞憂《きゆう》だ——と頭では理解しているのに、胸の奥は依然としてモヤッとしたまま晴れず、思いがけず己《おのれ》の狭量《きょうりょう》さを自覚してしまった雪野はひそかに項垂《うなだ》れる。

——人間の男の俺よりはトラ獣人の彼女の方が、獅堂さんの隣にいる相手としては自然だ、とかいちいち反応していたらキリがないだろ。卑屈《ひくつ》すぎる。

ビデオ通話中に優秀で美しい獣人女性が映り込んだだけで疎外感《そがいかん》を覚えているようでは先が思いやられる。挙げ句、「マリーさんは既婚者だけど、似たようなスペックでフリーの獣人女性だって絶対いるよな。しかも日本にいる俺より物理的にも近い距離に……」などと余計なことまで考えてしまい、雪野は頭を振って負の思考を追い払う。

あからさまにアプローチをかけられている姿を目撃して不安になるならまだしも、勝手に想像を逞《たくま》しくして動じていたら世話がないのだが、仕事で感じたことのある劣等感とは似て非なる感覚の落としどころがわからず、どうにも胸がざわついてしまう。

――尻尾のふさ毛で鼻先をこしょこしょしてほしい……。

つい甘ったれた考えが過《よぎ》る頭を再びふるふると振って気持ちを切り替えようとした雪野に、獅堂が「すまない、うるさかっただろう」と困ったように息を吐いた。

「いえ。同僚の方には俺とのことを話してくれてたんですね」

狭量な自分を悟られないように、咄嗟《とっさ》に愛想のないデフォルトの顔を作る。

『話したというか、俺が朝昼晩と事あるごとに呼気とともに惚気《のろけ》を吐き出しているから、環境音みたいに嫌でも耳に入るらしい。そのせいか、みんなユキノに興味津々《しんしん》で』

想像以上のフリーダムっぷりに、思わず雪野の肩の力が抜ける。どこまでも堂々と自分を愛してくれる彼に、胸のざわつきも治まっていく。こんな些細《ささい》なことで気分が浮上するなんて単純すぎるだろ、と自分に内心で突っ込みつつ、雪野は画面を見やる。

「堂々と宣言してくれるのは恋人としては嬉しいですけど……あの、惚気ってどんなことを話してるんですか」

朝昼晩と事あるごとに一体何が語られてしまっているのかとおそるおそる雪野が問うと、獅

堂は仲間たちに向けていた気さくな表情から一変、甘ったるい笑みを浮かべて「秘密だ」と唇に人差し指を当てた。その仕草が妙に色っぽくて思わず赤面した雪野に、彼が悩ましげに溜息を吐く。

『そんなに可愛い顔をしないでくれ。来週末のデートのとき、加減ができなくなる』

「なっ……何言ってるんですか、バカ」

『……悪いが、もう一回その恥ずかしそうな顔で「バカ」って言ってみてくれ』

画面の端に録画中のアイコンが表示されたので、雪野は速《すみ》やかに自分のカメラをオフにした。

獅堂がPCのモニターを摑んだのか、悲痛な顔で「あぁっ」と嘆《なげ》く美形が画面いっぱいに映る。

「そろそろ一時間経《た》つので切りますよ」

お互いの生活に支障が出ないように時間を区切ろうというのは、ビデオ通話をするにあたり二人で決めたことだ。獅堂がPCから身体を離して「もうそんな時間か」と肩を竦める。

『じゃあユキノ、最後に顔を見せてくれ。録画もしないし、写真も撮らないから』

雪野は録画中のアイコンが消えていることを確認し、カメラをオンにした。それだけでパァッと顔を輝かせる獅堂に、雪野は照れが滲まないように努めて涼しい表情を作る。

「今日も……じゃなくて、明日もお仕事頑張ってくださいい。またメッセージ送りますね」

『あぁ。ユキノも勉強や手技練習、頑張ってくれ。愛してるぞ』

「……デート、楽しみにしてます。それと、俺も獅堂さんのこと、愛してます。では」

画面の向こうでペールブルーの瞳が見開かれ、彼の美しい顔貌《がんぼう》に朱が差すのと同時に、雪野は通話終了のアイコンをクリックした。

熱くなった顔を手でぱたぱた扇《あお》ぎながら、雪野はフンッと息を吐く。拙《つたな》い愛の言葉ではあるけれど、彼を喜ばせることには成功したはずだ。今頃は立てた尻尾をぷるぷる震わせているであろう獅堂の姿を想像したら、胸がきゅんと鳴った。

——さっきは妙にモヤモヤしてしまったけれど、獅堂さんは俺を愛してくれているし、俺も獅堂さんのことを愛しているんだから、大丈夫だ。

通話中に雪野が勝手に感じ取ってしまった不安は何の根拠《こんきょ》もない曖昧《あいまい》なものだ。彼に伝えて無闇《むやみ》に心配させる必要はない。

獅堂の惜しみない愛情表現のおかげで、雪野の気持ちも沈《しず》みきることなく無事に浮上しているし、今後は同じようなことで動じたりしないように、自らの中にある不安の種を潰《つぶ》していけばいい。これは自分で解決できることだ。

——次のデートまでに対策案を考えよう。

ＰＣの前で腕を組んで真面目に考えて、雪野はうんうんと頷く。己と向き合ってこつこつ頑張るのは得意だ。だからきっと、大丈夫だ。

＊＊＊

毎朝、担当患者の部屋に行き様子を確認するのは、雪野《ゆきの》の日常業務の一つだ。最近は山吹《やまぶき》も一緒に病棟を回っている。

「篠原《しのはら》さん、調子どうっすかー？」

山吹が率先してカーテンを開けた先で、篠原と呼ばれた初老の男性がベッドに座ったまま笑顔で頷いた。彼の入院中の主治医は、雪野が務めている。

「山吹先生、おかげさまで良好です」

「早くパイナップル食べられるようになるといいっすね」

ベッド脇にある床頭台《しょうとうだい》――私物などを収納できる小型の棚には、折り紙で作られた半立体のパイナップルが飾られている。篠原の大好物らしい。

山吹はカルテに目を通して患者の術後の経過を把握《はあく》するといった基本的なことであれば最初からできていたし、もともと人とコミュニケーションを取るのも得意なようだが、獅堂のオペを見て心を入れ替えてからは患者とのやりとりが特に丁寧になった。

「あ、雪野先生。術後の痛みもだいぶ軽減されました。早く仕事に復帰したいです」

「よかったです。このままいけば来週には退院できますね」

症例数の少ない病だったこともあり初めは狼狽《うろた》えていた篠原だが、今は精神的にも安定している。主治医である雪野の冷静な診断と、執刀医を務めた東凰《とうおう》のベテラン医師の技術はもちろん、毎日彼の様子を見て親身に接した山吹の気遣いも彼の回復に一役買っていると言える。

篠原の健康状態を確認し、雪野たちは病室をあとにする。雪野が歩き始めるとトコトコとついてくる山吹は、躾《しつけ》が行き届いた大型犬みたいで少し面白《おもしろ》い。

「篠原さん、明るくなったな。山吹先生がこまめに声かけをしてくれたおかげだよ」

「研修医の俺が単独でできることって、勉強と手技練習以外では、患者さんの様子を見たり話を聞いたりすることくらいですからね」

「それを毎日めいっぱい、且《か》つ当たり前にやれるのはえらいよ。あの折り紙も山吹先生が作ってあげたんだっけ？　小さいのに立体的ですごかった」

「まあ俺、手先も器用なんで。気落ちしてる患者さんには、ちゃちゃっと作ってプレゼントしてるんですよ。折り紙って相手に気を遣わせるような高価なものではないし、小さいサイズの単品なら邪魔にもならないですし」

指でぽりぽりと頰を掻《か》きつつ、手先「も」器用というあたり、無駄な謙遜《けんそん》がなくて彼らしい。

「というか、今自分にできる努力をめいっぱい且つ当たり前に、っていうのは雪野先生リスペクトなんですけどね」

きょとんとした雪野が「俺？」と自分を指差すと、彼はこくんと頷く。

「だって雪野先生、症例を頭に入れて自分なりの考えをまとめてっていうのを毎日当たり前にやってるでしょ。手技だって練習しまくってるからこそ、ラボ室で俺の手癖《てくせ》に気付いて的確なアドバイスをくれたりするし。……それと昨日の抄読会《しょうどくかい》！」

東凰では若手医師を中心に、自身が興味を持った英語の論文を、他の医師たちの前で英語でプレゼンテーションをする抄読会というものが定期的に開催される。昨日は雪野が担当だったので、普段通りみんなの前で発表をした。

「そりゃあ俺だって英語くらい話せるけど、ああいうのはなんか別物じゃないっすか」

抄読会で使われる英語は専門用語だらけなうえに、ただ発表するだけではなく自分の見解を言ったり、聞き手の医師たちからの指摘に答えなくてはいけないので、気の弱い新谷《あらや》などは苦手だと嘆いていた。

「でも雪野先生はしれっと海外の論文を嚙み砕いて説明して、茂草《もぐさ》先生たちの鋭い指摘にも冷静に答えて……しかも俺が感心したら『プレゼンはきちんと準備すればいいだけだし、気になったところを全部潰《つぶ》しておけば指摘にも答えられるから』とか言って。そんな人が近くにいるのに、頑張らずにはいられないっすよ」

そういえばあのときも山吹は毛足の長い尻尾をぶんぶん振っていたような気がする。

先日までイキリ気味だった彼にとって、努力を惜しまずささやかながらも成果を実らせている雪野の姿はいい刺激になったらしい。

山吹の態度の改善のきっかけを作ってくれたのが獅堂《しどう》ということもあり、雪野は先輩として手本になれるよういつも以上に意気込んでいる。だからこんなふうに慕《した》われて悪い気はしない。

隣を歩く彼の尻尾が元気に揺れているのが視界の端に映る。お散歩に大喜びの犬みたいで微笑ましいが、すれ違う看護師にくすくす笑われるので若干恥ずかしい。

「そう思ってもらえるのはありがたいけど、もうちょっと尻尾の動きを抑えようか」

「あっ、すんません。っていうか雪野先生、こんなにリスペクトされても全然調子に乗らないし、忙しい日も取り乱さず淡々と仕事をこなすし、まじクールっすね」

ふさふさの尻尾を摑んで手動で止めた山吹が感心の溜息を洩《も》らす。

「そうだ、症例ノートを作ったから、あとで見てアドバイスください！　あぁ、でも獅堂先生のオペも早くもう一回見学したいな。次は絶対もっと理解できるはず……！」

国内での仕事の割合を徐々に減らしている獅堂は、先週はほとんどアメリカで過ごしていたので、あのシカ獣人の手術以降、東凰の消化器外科での稼働《かどう》はない。

獅堂はもともと外科全般を横断的に見ていたので消化器外科にばかりいたわけではないし、雪野とて仕事中常に彼の姿を探しているわけでもないが、最近は院内で白銀の彼を見かける回数が減ってきた。そのことにふとした瞬間に気付いて、ひそかに一抹《いちまつ》の寂しさを感じたりすることもある。

「今日は東凰には来ているはずだけど、別の科のオペが詰まってるみたいだし、山吹先生のリベンジはまだ先だな」

「くそー、っていうか外科領域全般で最高難易度のオペができるって反則じゃないっすか」

膨《ふく》れっ面《つら》でぼやく山吹を横目に、雪野は院内のどこかで大活躍《だいかつやく》しているであろう恋人を思い浮かべた。多忙な彼は、今夜はこのあとも海外の医師たちとオンラインのカンファレンスが控《ひか》えているようだが、週末――明日は待ちに待ったデートの日だ。

早く会いたいな、と心の中で独り言《ひとりご》ちた雪野が胸に手を当てると、山吹が不思議そうに小首を傾げた。

＊＊＊

翌朝も雪野《ゆきの》はいつも通り早起きをして、休日のルーティンである論文作成や手技練習、獣医学の勉強を真面目にこなした。そしてそれが終わると今度は真剣な表情でクローゼットの中を見つめ、本日の行き先と気候も考慮してデートに着ていく服を選ぶ。

おしゃれは清潔感さえあればいい派だった雪野だが、最近は身だしなみにも気を遣うようになった。肌や髪のケアをしたり、ちょっといい小物を取り入れる程度なので効果のほどは不明だが、先輩医師から合コンに誘われることが増えたので（もちろん秒で断っている）、少しはあか抜けてきたのかもしれない。

約束の時間まではまだ余裕がある。いくつか衣服を取り出してしばらく唸ったあと、雪野は白いワイシャツに寒色系のネクタイ、手持ちの服の中では上等なネイビーのスーツを選んで身にまとった。昨夜獅堂《しどう》から行きたい場所はあるかというメッセージが入っていたので、買い物に付き合ってほしいとリクエストしておいたのだが、これならとりあえずフォーマルな店にも入りやすいだろう。

直毛の髪の毛の先に軽くワックスを揉《も》みこんだところで、雪野のスマホが鳴動《めいどう》する。獅堂がマンションの前に着いたらしい。

——よし、変なところはないよな。

最後にもう一度鏡で全身をチェックした雪野が自宅のエントランスを抜けると、デートのためにわざわざリムジンを出して迎えに来てくれた獅堂が、車に寄りかかって待っているのが見える。今日も白スーツが眩《まぶ》しい。

「ユキノ……!」

こちらに気付いて片手を上げた獅堂は、駆け寄った雪野を見てフリーズした。気合いを入れ過ぎただろうか、と一瞬不安になったものの、彼はペールブルーの瞳をギンギンに見開いて

「今日のユキノ、いつも以上に愛らしすぎないか? こんな可愛い生き物を外に出して攫《さら》われたりしないか……?」と悩み始めたので、問題はなさそうだ。

「しっかりしてください、今日は俺の買い物に付き合ってくれるんでしょう」

褒《ほ》められて嬉しい気持ちと恥ずかしい気持ちが半々で、むすっとした顔を作った雪野が後部座席に乗り込むと、彼もいそいそと隣に腰かけ、甘く笑んで雪野の腰を抱き寄せる。運転手が

緩やかにアクセルを踏み、長い車体がゆっくりと走り出す。

「俺も買い物デート、楽しみにしていたぞ！　何でも欲しいものを言ってみてくれ。車？　マンション？　土地？」

「買い物デートで何を購入するつもりなんですか。……ええと、獅堂さんの隣を歩くのに最低限でいいから釣り合いがとれて、且つ俺が着ても浮かない服を一着、見繕《みつくろ》ってほしいです」

前回のビデオ通話のあと、雪野は自分の中の不安の種について冷静に分析してみた。きちんと原因を特定して、解決に向けて対策を講じれば、少しのことで気持ちが揺らいだりはしなくなるはず、と考えたのだ。そしてその結果、変に狭量になったり卑屈になったりするのは、自分が彼と釣り合いがとれていないことが一つの要因ではないかと思い至った。

白銀の髪を靡《なび》かせて堂々と街を闊歩《かっぽ》するＴＨＥ・エリート白変種の獅堂と並ぶと、雪野はお付きの者にしか見えないので、周囲からの「どういう関係性なんだ……？」という視線を浴びることも少なくない。己の容姿にコンプレックスは特にないけれど、正直、居心地がいいとは言えないこともある。

だからまずはデート用のスーツを用意しよう――と思ったものの、おしゃれに疎《うと》い雪野が一人で足掻《あが》いたところで似合わないブランド服に着られるのがオチだろう。それならばいっそのこと、獅堂の意見を参考にすればよい。そういう経緯《けいい》があって、今日は買い物デートをリクエストさせてもらった。

もちろん見た目だけ着飾ればどうにかなるとは思っていないが、彼の隣にいても自然な存在になれるように、できることはやるべきだ。勉強も仕事も、小さな行動を積み重ねていくことで、いざというときに「やれることはやった」という自信になる。恋愛だって、それは同じはずだ。

——会えない時間が増えても、そういう自信の積み重ねがあれば不安も軽減されるよな。

そんな雪野の心を知ってか知らずか、彼は心得たという顔で頷いた。

「任せてくれ。『俺とデートするユキノ』をテーマにしたアパレルブランドを立ち上げよう」

どうしてそうなる。

「立ち上げないでください。普通に既存のブランドで、どういうのが俺に合うかアドバイスがほしいだけですから」

「それならいいスタイリストがイタリアにいる。そいつを呼べばいいってことか」

「よくないですね。いちいちスケールが壮大過ぎます」

「……ユキノがあまりにいじらしいことを言うものだから、つい私財を投じたくなってしまった」

「あと、服は俺が自分で買うので。ある程度の予算は確保してますけど、一応常識の範囲内でお願いします」

雪野がぴしゃりと言い放つと、彼は「常識って難しいな……」と呟いて、尻尾をうねうねさせた。

「――獅堂さん、今日はありがとうございました。自分一人では絶対に入るのを躊躇《ためら》いそうな店だったので、獅堂さんに連れて行ってもらえてよかったです」

数時間後、雪野は自宅マンションのリビングで、身に着けたペールブルーのスーツの袖《そで》を撫でてぺこりと頭を下げた。恋人の瞳と同じ色のそれは、自分で言うのもなんだが結構似合っていると思う。

「今日はいい買い物ができたな、ユキノ」

獅堂に手を引かれて高級ブティックを練り歩いた雪野は、そのうちの一店舗《いちてんぽ》で購入したスーツに着替え、夜までデートを満喫《まんきつ》した。

大抵の服はジャストフィットする平凡な体型のおかげで、雪野は今回一番気に入ったデザインのスーツも上下ともにその場で購入することができた。ハイブランドではあるが仕立てる必要もなかったし、予算も超えなかった。実に有意義な買い物だった。

「……まあ、本当に予算内に収まったと言っていいかは微妙ですけど」

決して広くはない単身者マンションの床一面に置かれた紙袋を一瞥《いちべつ》し、ほくほく顔の天才に視線を戻す。

「スーツは予算内に収まったし、ユキノが自分で支払っただろう?」

「そのあともいろんな店に立ち寄っては、俺が着られそうな商品ほぼ全部、獅堂さんが買い占めたじゃないですか……スーツに合いそうな靴《くつ》やベルトまで」

「あれは俺が俺のためにした買い物だから、ユキノの予算とは関係ない——って、そんな『屁《へ》理屈《りくつ》め』と言いたげなジトッとした目で見つめないでくれ。半目のユキノも愛らしくてたまらない」

なぜかときめいた様子の彼に抱きしめられて、雪野も呆れた表情を保てなくなり、「仕方ないですねぇ」と広い背中に腕を回す。

「なあ、ユキノ。そのスーツ、今は脱いでくれるか？　……汚してしまいそうだ」

耳元で低い声で囁かれて、頬がかぁっと熱くなった。

軽く身体を離した雪野は自らネクタイを外し、獅堂の熱視線を浴びながらスーツを脱いでハンガーに掛ける。ワイシャツと下着と靴下だけになったところで、雪野は彼に横抱きにされてベッドに運ばれた。ネクタイを緩めて白いスーツの上着を床に落とした獅堂が、熱を帯びた瞳で覆《おお》いかぶさってくる。

「ん……、んんっ」

噛みつくみたいに唇を貪《むさぼ》られ、ネコ科のざらついた舌が雪野の舌を絡めとった。くすぐるように上顎《うわあご》を舌で撫でられたかと思えば、根元からじゅっと吸い上げられて、雪野はそのたびにびくんと身体を震わせる。

甘い口づけに翻弄《ほんろう》されているうちに雪野のワイシャツは前を全開にされ、気付けば下着も剝《は》ぎ取《と》られていた。仰向《あおむ》けに押し倒された体勢のまま胸の飾りを弄《いじ》られ、後孔を彼の指で解される。敏感なしこりを彼の指先が掠《かす》めるたびに、びりびりと電流のような快感が下腹に押し寄せてくる。

「待って、獅堂さんっ」

このままではまた自分だけが蕩《とろ》けてくったりして終わってしまう、と我に返った雪野が厚い胸板を押し返して起き上がると、彼は目を丸くして動きを止めた。

「どうした？　……怖かったか？」

向かい合って座る彼の丸い耳と尻尾がしゅんとし始めた。まずい、このままではまた彼の気遣い初心者語録が発動してしまう、と雪野は慌てて次の行動に移る。

「あの、獅堂さんの服、俺が脱がせていいですか」

「えっ、あ、あぁ、構わない」

美しい顔を赤らめた彼が頷いたのを見て、雪野は緊張に耐えながら彼の首元からネクタイを抜き取り、ワイシャツのボタンを開ける。逞しい胸にすりすりと頰擦《ほおず》りしてみたら、彼の鼓動がうるさいくらいに耳に響いた。ドキドキしているのが自分だけではないと思うと、自《おの》ずと勇気が湧いてくる。

――今日は獅堂さんにも満足してもらえるように頑張るんだ。

雪野のことを大切に扱《あつか》ってくれる獅堂だが、彼自身の欲が満たせていないであろうことは明らかだった。ホテルの浴室で身体を合わせた際も彼の下半身は全力で二回戦目を所望していたのに、獅堂は雪野をただ労るだけで、決して続きを求めては来なかった。

彼の優しさは嬉しいけれど、突き詰めて考えたら、それが雪野のもう一つの不安の種でもあった。

――俺は獣人の女性みたいに、フェロモンで獅堂さんの本能を刺激してあげることはできないから。

獣人同士の性行為では、フェロモンで互いを高めて激しく求め合うこともあるという。どう見ても経験豊富な彼は、そういうセックスの経験も少なからずあるだろう。今さら獅堂の恋愛遍歴《へんれき》を追及する気はないし、雪野自身も自分が人間であることを恥じたりはしていないが、心の奥底では「彼は自分との行為では物足りないのではないか」という多少の引け目のようなものを感じないこともない。

だから先日のビデオ通話で獣人女性のマリーを見てモヤッとしたり、他にもフリーの獣人女性が彼を狙《ねら》っているのでは、と想像したりしてしまったのだろう。

――身体の相性に不安要素を抱えたまま遠距離になるのは避けないと。

雪野は自他共に認める努力型の人間だ。少なくともただうじうじと悩んで終わるような男ではない。対策案は考えてきた――フェロモン云々はどうにもならないけれど、技巧《ぎこう》は自分の努力次第でなんとかなるはず、と気合いを入れて、雪野は彼の腹部に手を伸ばす。

「……ベルト、外しますね」

スラックスの前を寛《くつろ》がせ、下着をずらして半勃《はんだ》ちの性器に触れる。さすがに恥ずかしくなって、雪野は彼の顔を見られないまま四つん這《ば》いの体勢になり、それを口に含む。

「ん、むぅ……」

「ユキノ……！」

本番はここからだ。熱っぽい吐息を頭上に感じながら、右手を彼の腰のあたりに伸ばす。いつも感情豊かで可愛い動きを見せてくれる尻尾の付け根を指の腹で擦《こす》ってやると、頬張った屹《きっ》立《りつ》がみるみる大きくなるのを感じた。

——やっぱりここ、気持ちいいんだ。

雪野は最近、獣人医療をより理解するために動物の身体構造を勉強している関係で、尻尾の付け根には神経が集中していることを知った。個体差はあるものの、猫などはそこをトントン叩いてやると快感を覚えたりするらしい。

それを参考に雪野は実習の予習よろしく、どのくらいの強さで刺激したらホワイトライオン獣人である獅堂が快感を得られるかを大真面目に算出してきたのだ。

「ん……獅堂さんの味がする……」

彼の先走りが口内に広がるたびに、雪野は自身からも蜜《みつ》を零《こぼ》し、半ば無意識に高く上げた腰をゆらゆらと揺らしてしまう。尻尾の付け根を一生懸命擦ってやりながら口淫《こういん》をしていたら、急に肩を摑まれて仰向けに押し倒された。ごくりと唾《つば》を飲む彼の喉が上下に動く。

「あの、まだ途中なんですけど――」

「大丈夫。十分だ」

「……気持ちよくなかったですか。すみません、獅堂さんのが大きくて口の中がいっぱいになってしまって、上手く舌が動かせず――」

「いや、気持ちよかった。ありがとう。でもちょっと黙ってくれ」

唐突にキスで口を塞《ふさ》がれたと思ったら、後孔に熱いものが当てられた。雪野の舌を強く吸い上げた彼は、少しずつ腰を押し進めて奥へと入ってくる。初めてしたときよりもいくらか馴染んだ圧迫感が愛おしくて、雪野は獅堂の首に腕を回す。

「獅堂さん……」

抱きついた拍子に後ろでもきゅうっと締め付けてしまったせいか、ゆっくりと挿入《そうにゅう》してくれていた彼が堪《こら》えきれないというように腰を揺すり、一気に雪野の最奥《さいおう》を貫いた。

「――っ」

目の奥に無数の閃光《せんこう》が走り、雪野は気付いたときには自らの腹に白濁《はくだく》を吐き出していた。

びくびくと痙攣《けいれん》する雪野を見て我に返ったのか、ぴたっと動きを止めた獅堂は、ふーっふーっと荒い呼吸を繰り返している。今すぐにでも動きたいだろうに、先に極まってしまった雪野を気遣って抽挿《ちゅうそう》を我慢してくれていることは、朦朧《もうろう》とする意識の中でもわかった。

「やめないで、いいから……」

獅堂にもちゃんと気持ちよくなってほしくて、両脚を彼の腰に回した雪野が全身で抱きしめてやると、ぐるるる、と喉から獣のような音声を鳴らした彼は雪野の身体を激しく揺さぶり始めた。絶頂直後の最奥を何度も穿《うが》たれて、あまりの快感の強さに頭の中が真っ白になっていく。

「ユキノ、ユキノ……っ」

肌と肌のぶつかり合う淫《みだ》らな音が部屋に響く中で、彼が掠れた声で自分の名を呼ぶのを聞きながら、雪野は意識を手放した。

ベッドの中で彼に腕枕《うでまくら》された体勢で、雪野は目を覚ました。時計を見るとさほど時間は経《た》っていないので、彼は一度射精したあとすぐに雪野を介抱《かいほう》してくれたのだろう。獅堂はもうワイシャツやスラックスをきちんと身に着けているし、雪野にも部屋着を着せてくれている。

——途中までは順調だったのに……。

尻尾の付け根を擦るのは効果があったように見えたが、なぜか中断させられてしまった。口淫が下手《へた》くそすぎたのだろうか。先に自分だけ極まったのも失敗だった。途中でやめないよう促《うなが》せたのはよかったものの、意識を失ってしまったので彼がどの程度満たされたかもわからない。仕事であればフィードバックをもらいたいところだが、さすがにこんなことを問い質《ただ》すわけにはいかないのが悩ましい。

いずれにせよ身体の相性問題の解決への道のりはまだ長そうだ。

「ユキノ、起きたのか？　すまない、無理をさせた。痛いところはないか？」

ぶつぶつと一人反省会をする雪野に気付いた獅堂が、軽く身を起こしてこちらを覗き込んできた。普段は自信に満ち溢《あふ》れている彼はしょんぼりしており、白銀の髪から覗くふわふわの耳もすっかり萎《しお》れている。

「大丈夫ですよ」

心配しすぎです、と雪野が小さく笑って返すと、獅堂がほっとした様子で擦り寄ってきた。

「ユキノ、愛してるぞ」

「俺もです」

何をやってもかっこいい恋人が喉をごろごろと鳴らしながら頬擦りしてくるのは、やっぱり可愛い。情事後だけでなく、彼は雪野と一緒にベッドに入っているときは就寝前や明け方も、上機嫌な猫みたいにごろごろすりすりしてくる。そしてそんな彼を独り占めできるこの時間が、雪野は大好きだ。

——今回は結局俺が甘やかされて終わっちゃったけど、次はもっと頑張ろう。……離れているときに「この至福のごろごろすりすりが別の人のものになったら」なんて不安を感じたくないし。

ネコ科獣人の全力の愛情表現を享受《きょうじゅ》しつつ、うっかり不吉な想像をして心臓がきゅっとなった雪野は、無言で彼の背中に腕を回した。ぎゅーっと力を込めてくっついて彼の高めの体温を感じているうちに、不安は薄れて心が安らいでいく。

「ユキノ、どうした？」

急に抱きついてきた雪野に、彼が慈しむような声で問う。

「……なんでもないです。獅堂さんが温かくて気持ちよかったので、つい」

不吉な想像は頭の片隅に追いやって、雪野が彼の胸に顔を埋めると、獅堂はぎゅうぎゅうと力強く抱き返してくれた。

＊＊＊

その日も雪野《ゆきの》は朝早くから、東凰《とうおう》のエントランスを抜けてエレベーターに乗り込み、医局に向かうべく管理棟の廊下を歩いていた。

十日ほど前に買い物デートをして以降は互いに多忙だったものの、昨夜は仕事終わりに獅堂《しどう》が雪野の部屋にやってきて、そのまま泊まってくれた。

このタイミングで彼が来てくれたのは正直僥倖《ぎょうこう》だった。獅堂には言っていないが、離れている十日のあいだに無性に彼が恋しくなる夜があり、自分はこんなに寂しがり屋だったのかと頭を抱えていたところだったのだ。前回のデートの際に、思うように彼を満足させられず、うっかり不吉な想像をしてしまったのが地味に尾を引いていたのかもしれない。

でも昨夜――平日なので触れ合いは軽めではあったものの、甘いひとときを過ごせたおかげで、雪野は心の安寧《あんねい》を取り戻すことができた。眠るときも、彼がすりすりしてくれるたびに雪野のメンタルもひそかに充電されて、幸せな夜だった。

獅堂は本日午前中にオンラインのカンファレンスが入っていると言っていたが、午後から明日の朝まではオフのようで、朝出勤する雪野を見送りながら「肉じゃがを作ってユキノの帰りを待っているぞ」とドヤ顔で張りきっていた。

――今朝《けさ》の「行ってきますのキス」、濃厚だったな……って、何を思い出してるんだ。

急にカットインしてきた雑念を、ぶんぶんと頭を振って追い払い、まずは白衣に着替えなくてはと医局の扉を開けた瞬間、出てきた相手とぶつかってしまった。

「うわっ、すみません」

「っと、俺こそすんません。雪野先生おはよっす」

「あ、山吹《やまぶき》先生、おはよう」

咄嗟に雪野を支えてくれた山吹は、不思議そうな顔で鼻からすぅっと息を吸って、眉間《みけん》に皺《しわ》を寄せて首を傾げた。

「……なんか、獅堂先生の匂いがする」

「え」

心当たりはある。朝まで同じベッドの中にいた獅堂が、雪野を腕の中にぎゅっと閉じ込めて全身ですりすりしていた。イヌ獣人で鼻が利《き》く山吹は、その残り香を嗅《か》ぎ取《と》ったのだろう。取り繕《つくろ》わなくてはいけないと頭では思っているのに、彼とくっついているときの記憶を脳内で再放送してしまい、自分の顔がぶわーっと赤くなるのを感じる。

「あー……いいっす、察したんで。そういう感じね。別に俺、言いふらしたりしないっすよ」

「いや、違……わない、けど、うあぁ……」

赤城《あかぎ》にも気をつけろと言われていたのに、まさかの自爆に雪野は声にならない声を上げる。

「肝心《かんじん》なところでポーカーフェイスがガタガタって駄目じゃないっすか。俺は雪野先生っていう医者をリスペクトしてるから、あんたがプライベートで誰と何をしてても気にしないけど、よく知りもしないやつに天才のお気に入りだとか贔屓だとか難癖《なんくせ》付けられたら俺が腹立つから気を付けてください」

呆れたように言いながら、こちらに背を向けた山吹がふさふさの尻尾で雪野をぽふぽふ叩き始める。

「まあ匂いっていうのは時間経過で薄れるから、今みたいに朝一で嗅覚の鋭い獣人に正面衝《しょう》突《とつ》でもしない限りは気付かれないだろうけど。念のため俺の匂いも混ぜて誤魔化しておきますね」

「お手数おかけします……あと態度変えないでくれてありがとう……」

理解ある後輩でよかったと安堵《あんど》したものの、山吹が「っていうか普通抱き合ったってこんなに匂いつかないっすよ、どんだけすりすりされたんですか、雪野先生はマタタビの原木ですか」といちいち突っ込んでくるので、雪野は恥ずかしいやら気まずいやらで、赤くなった顔をなかなか元に戻せなかった。


朝はどうなることかと思ったけれど、午前中に退院患者を見送る頃には、雪野はすっかりいつものクールと評される顔に戻っていた。

「牧田《まきた》さん、退院おめでとうございます」

少し前に退院した篠原《しのはら》と同様、牧田も雪野が入院中の主治医を務めた患者だ。執刀医の茂草《もぐさ》にはすでに挨拶《あいさつ》を済ませたらしく、最後に雪野と山吹にも深々と頭を下げてくれた。手が空《あ》いた新谷《あらや》も見送りにやって来て、にこにこしている。

「雪野先生、入院中は大変お世話になりました。山吹先生も、娘のことを気にしてくれてありがとうございました」

ウシ獣人の牧田は症例数の少ない大腸の病を患《わずら》っていたが、手術は無事に成功し予後も良好だ。廊下の先には彼の妻と、五歳になる娘が立っている。二人とも表情は明るい。

自分の足で歩いて家族と一緒に病院を出て行く牧田を見送ったあと、新谷が「牧田さんの娘さん、何かあったの?」と山吹を見上げた。

「実はこの前、娘さんが牧田さんのお見舞いから帰るのが寂しいってぐずってるところにたまたま俺が居合わせちゃって。少しでも気が紛《まぎ》れたらと思って、手持ちの折り紙で牧田さんに似せた牛を即興で作ってあげたら泣き止《や》んでくれたんです。そのあともパパ不在のあいだは、ずっとその折り紙を持ち歩くくらい気に入ってくれたみたいで」

「わぁ、咄嗟にそういう気遣いができるなんてすごい。僕だったら絶対におろおろしちゃう」

雪野も新谷も、山吹ほど人あしらいがうまくないし、たとえ同じ場面に遭遇《そうぐう》しても彼のようには立ち回れないだろう。感心したように目を輝かせる新谷の隣で、雪野もうんうんと首を縦に振る。

「山吹先生は患者さんやご家族の方とコミュニケーションを取るのが本当にうまいな。俺たちも見習わないと」

山吹はノリこそチャラいが常に親身になって患者に接しているし、折り紙のようにお金をかけずに相手を楽しい気持ちにさせる術《すべ》も持っている。冷静且つ誠実に患者に向き合う雪野のスタイルは信頼こそされるものの、フレンドリーさを感じてもらえるタイプではないので、見習いたいというのは本心だ。

「雪野先生はキャラ的にそのままでいい気もするけど……せっかくだし休憩《きゅうけい》時間にでも、みんなでちょっと折り紙やってみます? 息抜きにもなるし」

「そうだな、やってみたいかも」

首肯《しゅこう》した雪野に、新谷も楽しそうに続ける。

「いいねぇ。入院中なんかは特に、物理的な何かが手元にあると心が和《なご》むよね。僕も小さい頃、どこへ行くにも手放せないぬいぐるみとかあったなぁ」

幼少期は彼自身がぬいぐるみみたいな容貌《ようぼう》だったであろう新谷がしみじみと呟くのを聞いて、雪野は自分がプレゼントしたライオンのぬいぐるみを大事にしてくれている獅堂のことを思い出した。彼はあれをたまに寝る前に撫でていると言っていた。

──小さめの折り紙でライオンでも作ってあげたら、また喜んでくれるかな。

ぬいぐるみは持って移動できないけれど、ミニサイズの折り紙で平面のものなら気軽に鞄《かばん》のポケットなどに入れられるし、出先でもふと手に取ってほっこりしてもらえるかもしれない。

メッセージや自撮りだけでなく物理的な何かを渡しておくのも、遠距離恋愛を続けるのに効果的なのではないだろうか。それに自分があげたものを彼が持ち歩いてくれていると考えたら、ふとした瞬間に湧き上がる寂しさも治まりやすいような気もする。

「簡単なやつなら初めてでも五分くらいでパパッとできるんで、昼休みにでもやりましょう」

山吹の明るい声に、雪野は新谷と一緒に頷く。それなら今日早速、練習がてら作ったものを持ち帰って、家で待つ獅堂に渡せそうだ。

美しい顔をパァッと輝かせる恋人の姿を想像して、雪野はひそかに気合いを入れた。

……というのが日中の出来事だったのだが、雪野は結局手ぶらで帰宅することとなった。

——迂闊《うかつ》だった。自分が練習必須の不器用人間ってことを忘れてた……。

平面的なライオンやウサギ、少し立体的な星やくす玉などありとあらゆるものを作ってみたが、全体的に哀愁漂《あいしゅうただよ》う仕上がりで、「元がこんなに不器用なのに手術手技はちゃんとできるってことは、相当努力したんっすね……」と山吹に涙ぐまれる始末だった。ちなみに新谷は「こうかな？　あってる？」とおどおどしながらも、さすがの器用さでペガサスやトリケラトプスみたいな芸術作品を量産していた。

——息抜きがてらたまにみんなで作ろうって話になったし、またトライしてみよう。

内心で苦笑しつつ自宅玄関の扉を開けると、部屋着のカットソーとチノパン姿の獅堂がキッチンから顔を出した。とんでもないレベルの美形なのに、雪野と目が合っただけで嬉しそうに尻尾をピーンと立てて出迎えてくれる姿は、ものすごく懐《なつ》いた飼い猫みたいで癒《いや》される。毎日こうして出迎えてほしいくらいだ、なんて非現実的なことまで考えてしまう。

「ユキノ、おかえり。愛してるぞ！　ちょうど肉じゃがが完成したところだ。俺特製の夕飯にする？　俺と一緒にお風呂にする？　それとも、俺？」

どれを選んでも「俺」の圧が強い。小さく笑いながら夕飯を選択し、雪野は手洗いうがいを済ませて食卓につく。

「どうだ、美味《おい》しいだろう？　美味しいよな？」と誇《ほこ》らしげな顔をする恋人と向かい合って食事を済ませ、二人で並んで洗い物を終えた雪野は、彼に連れられて浴室へと向かう。

「ユキノ、今日もたくさん仕事を頑張ったな。疲れただろう。俺が背中を流してやろう。さあ、服を脱いで……一日働いたユキノの匂いだ」

「わ、ちょっと、嗅がないでくださいよ」

獅堂は脱衣所で雪野の着ていたカジュアルスタイルの紺色のワイシャツを剝ぎ取るなり、すんすんと匂いを嗅ぎ始めた。奪い返そうと手を伸ばす雪野を華麗に躱《かわ》して、布に鼻先を埋《うず》めていた獅堂だが、不意に「ん？」と訝《いぶか》るような声を出して顔を上げ、じっと手元の衣服を睨みつけた。

「……毛がついている。うっすら、他の人の匂いも」

彼が指でつまんだのは、ハニーベージュの長めの毛——今朝、獅堂の匂いを誤魔化すためにぽふぽふしてくれた山吹の尻尾の毛だ。

「あ、それ、山吹先生のですね」

「は？」

一瞬獅堂の瞳に獰猛《どうもう》な色が混じったような気がしたが、疚《やま》しいことは一切ないので今朝のことをありのまま説明すると、彼はばつが悪そうな顔で髪をかき上げた。

「あー……それは俺が悪いな。無意識だった。気まずい思いをさせてすまなかった。たしかに鼻のいいイヌ獣人なら気付いても不思議ではない」

「いいえ、俺も全然気にしてなかったですし。あと一応誤解のないように言っておきますけど、山吹先生に他意はないですからね。人間の同性に、獣人の本能ガン無視でアプローチしてくるのなんて獅堂さんくらいですから」

妙な擦れ違いは御免《ごめん》なのではっきりと伝えたら、さすがに獅堂も現実的に考えて納得したのか、苦笑混じりに頷いてくれた。

「まあ彼は他言する気はないようだが、他の人にまでバレてユキノが東凰で働きにくくなったら嫌だからな。今後、翌日が仕事の日の夜は、あまりくっつかないように気を付ける」

「えっと……それは……」

殊勝《しゅしょう》に反省する獅堂に、雪野は口を開きかけたが、結局すぐに唇を結んだ。

——くっつくのはやめないでほしい、とは言えない……。

雪野は獅堂に愛される情事の時間と同じくらい、彼が無防備に喉をごろごろ鳴らしながら幸せそうにすりすりしてくるあの時間を気に入っている。だってあれは、獅堂が自分にだけ見せるネコ科全力の愛情表現だ。彼の温《ぬく》もりに心が満たされるし、少しの不安ならすぐに消えてしまう。

一方で、彼が自分たちの関係がバレないように気を遣ってくれるのは、ひとえに立場の弱い雪野のためだということもわかる。だからこそ、自分がそんなわがままを言うわけにもいかず、口を噤《つぐ》んでしまう。

そのとき、脱衣所に落ちた数秒間の沈黙を破るように、獅堂の服のポケットに入っていたスマホが鳴動した。取り出した端末をちらりと一瞥《いちべつ》した獅堂が、はぁ、と溜息を吐く。

「……この時間にケビンからってことは、急ぎの用件だな。ユキノ、悪い。背中を流してやれそうにない。時間がかかるかもしれないから、風呂は一人で済ませてしまってくれ」

「あ、はい、わかりました」

「身体の隅々まで洗ってやりたかったのに、残念だ」

「結構です！」

冗談半分本気半分の悩ましげな顔でそんなことを言う獅堂を脱衣所から追い出した雪野は、脱ぎかけだった服を洗濯《せんたく》かごに放り込んで、一人で浴室の扉を開けた。浴室の気温は低くはないはずなのに、一緒に入るはずだった彼がいないせいか、どこかひんやりと感じた。

＊＊＊

仕事を終えて帰宅した雪野《ゆきの》は、手の平サイズの透明なビニールケースを鞄《かばん》の内ポケットから取り出した。中には今日の昼休みに白いミニ折り紙で作ったホワイトライオンが入っている。

小さくて平面的な簡単なものとはいえ、会心の出来だ。あれから何度か山吹《やまぶき》や新谷《あらや》と息抜きがてら食堂や医局のデスクで折り紙に勤《いそ》しんだりもしたが、たまたま本日一人でライオン作りに挑んだところ、ついに成功を果たした。間違って折ってしまった変な痕《あと》もないし、角もきちんと揃《そろ》っている。これなら獅堂《しどう》にプレゼントできる。

──次に会うときに渡そう。

己の力作を眺めてから、大事にそれを鞄へと戻す。

ここ数日アメリカにいる獅堂の帰国は三日後だが、その日の夜は雪野が当直だ。東凰《とうおう》は比較的ホワイトな職場で当直の頻度が少ないだけでなく、次の日は基本的に休暇となるため、仮眠をとったり家事を済ませたりしたあと夕方から彼と会う約束をしている。

「獅堂さん、喜んでくれるといいな」

かつてクレーンゲームでぬいぐるみを取ってあげたときに見た笑顔がよみがえり、胸が切なく疼《うず》く。折り紙でライオンを折っているときも、雪野はあのときの彼の嬉しそうな笑顔を思い浮かべて手を動かしていた。

前回──山吹から匂いを指摘されたという話をした日の夜、獅堂は同じベッドで眠りはしたものの、宣言通り密着してはくれなかった。普段なら必ず聴こえてくる喉のごろごろ音もなく、その静けさが寂しかった。彼もつい癖《くせ》でこちらに擦り寄ってしまわないように気を付けていたのか、あまりリラックスしていない様子で、そこはかとないぎこちなさを感じた。

そんな空気感がなんとなく不安だったけれど、お互いに翌日は朝から仕事だったため、雪野も速やかに就寝するしかなかった。

それ以降も何度か東凰の病院内で顔を合わせたり会話をしたりすることはあったし、メッセージのやりとりも普通にしているが、その話題は出していない。「寂しいからすりすりしてください」と言いづらいだけでなく、この程度で寂しいなどと言っていては遠距離になったときに余計な心配をかけてしまいかねないと考えたら、言うに言えなくなってしまったのだ。

「恋愛は付き合ったらゴールってわけではないんだよな……。たゆまぬ努力と日々の成長が大切ってことか……」

くそ真面目、と言われそうなことを呟きながら壁掛けカレンダーを眺め、次回の逢瀬を指折り数えていると、机の上のスマホが鳴動した。獅堂から「少しだけ時間あるか？」というメッセージが来ている。「大丈夫ですよ」と返した瞬間、玄関の扉が開いた。

「愛してるぞ、ユキノ！　夜分遅くにすまない」

「へ？」

合鍵《あいかぎ》を使ってバーンと入ってきた恋人に目を丸くしたまま固まっていると、彼はベッドに腰かけて優雅に髪をかき上げ、長い脚を組んだ。ぽんぽん、とシーツを叩いて隣に座るよう促《うなが》され、雪野は腰かける。

「さっき一度帰国したんだ。このあとまた空の旅が控《ひか》えているから、長居はできないが」

獅堂の突然の訪問にぽかんとした雪野は「一体どうして忙しい中で帰国を？」と訝《いぶか》りつつも、

思いがけず彼と会えたことが嬉しくて、じわじわと頬を赤らめてしまう。

「長居できないのに、どうしてそんなに可愛い顔をするんだ！」

「……可愛い顔なんてしてないです。というか来てくれたのは嬉しいですけど、獅堂さんはただでさえ過密スケジュールなんだからあまり無理しないでください」

いくら体力がある獅堂でも休めるときは休んだ方がいい、と真摯に伝えると、彼はふっと顔を綻ばせた。

「わかっている。実は、仕事は昨日の夜から丸一日オフにして、実家に行ってたんだ」

「実家？」

「両親は今ヨーロッパに住んでいるから、ひとっ飛びしてきた」

獅堂は頻繁《ひんぱん》に帰省するタイプではない。不仲ではないようだが、今まで彼の家族の話すらあまり聞いたことがなかった。急に帰省したということは、まさか誰かが倒れたとか――という雪野の思考を読んだのか、彼は「別に家族に何かあったわけではない」と手を横に振る。

「ユキノとの交際を宣言しに行っただけだ。俺ももういい大人だし、そんなに干渉《かんしょう》してくる家ではないが、白変種の家柄《いえがら》的にうっかり政略結婚に巻き込まれたりしたら面倒だからな」

「なんだ、そうですか………は⁉　え、急に？　大丈夫だったんですか⁉」

フリーダムな彼の性格から考えてたしかに過干渉な一族ではなさそうだけれど、そうは言ってもエリート中のエリートの白変種の家系だ。人間の男との関係を二つ返事で許すとは思えない。しかし彼は自信満々に胸を張っている。

「もちろんだ！　両親にも認めさせてきたから、ユキノは何も心配しなくていいぞ！」

「い、いや、そんな簡単に承諾《しょうだく》されるわけ——」

「あぁ、さすがに大賛成とまではいかなかったけど、きちんと話をしたら納得してくれたから、もう家族公認だ。運よく長兄の家庭が多産で、すでに白変種の子どもがいるから子孫的な観点でも何も問題ない」

「はぁ」

「そういうわけで、今度ビデオ通話でいいから俺の両親に挨拶《あいさつ》をしてほしい。時間は最長で十分程度だ。ユキノの都合を教えてくれたら、時差も考慮して俺がセッティングしよう」

「はい？」

「相手が誰であれ真剣交際をするなら紹介くらいはしてほしいと言われてな。父も誇り高きホワイトライオン獣人だ。一度納得したものを反故《ほご》にする人ではないし、俺も同席するから、そこは安心してくれ」

「あ、はい」

思考が追い付かなくて目を白黒させる雪野に構わず、彼は流れるように話を進める。

——家族公認になったのは、喜ばしいことだよな……？

雪野だって獅堂とはずっと一緒にいるつもりだし、いずれは彼や自分の両親とも関わりができるとは思っていた。彼が家族に宣言してくれたのも、この恋に対する本気度合いが窺《うかが》えて嬉しいし、挨拶の機会をもらえたのはとてもありがたい。獅堂の言い方からして、挨拶をしたらいきなり豹変《ひょうへん》した両親に罵倒《ばとう》される、なんてこともなさそうだ。

それなのになぜか、胸がモヤモヤする。獅堂がゴーイングマイウェイなのもいつものことだが、あまりに急なこの展開にはどこか違和感を覚えないこともない。

たしかに獅堂がすでに話を通してくれているおかげで、雪野は緊張こそすれ、わりと安心してご両親に挨拶できるだろう。

——でも、そんな重大宣言をするなら、少しは事前に言ってほしかった。

「大賛成とまではいかなかった」「きちんと話をしたら納得してくれた」という彼の言葉は、逆に言えば多忙な獅堂が忙しい合間を縫《ぬ》ってわざわざヨーロッパの実家まで出向き、納得してもらうまで話をしたということではないか。

しかも彼の今回の一連の言動から考えて、万が一話が拗《こじ》れたとしても、獅堂一人で解決まで持って行くつもりだったように思える。それは悪いことではないが、なんだか違うのでは、と雪野は眉間に皺を寄せて思い悩む。

ナチュラルボーン傲慢で我が道を行く獅堂だが、二人の関係において雪野を置いてきぼりにするタイプではないはずだ。だからこそ、変な感じがする。

——いや、俺がまだ母さんに話せていないから、ネガティブに捉えちゃうのか……？

雪野はまだ獅堂とのことを自分の母親には話していない。隠すつもりはないものの、父を亡くして以降女手一つで育ててくれた彼女に気軽に話せる内容ではないし、もう少し心の準備が必要だった。

こちらがそんな状態だから、どんどん物事を先に進める獅堂に対して焦《あせ》りや申し訳なさを感じているのだろうか。それなら完全に雪野自身の問題なので、彼に違和感を覚えるのはお門違いもいいところだ。

——あれ、なんか、また自分でもよくわからない不安が増殖《ぞうしょく》していく……。

「ユキノ?」

「あ、ええと、俺とのことを話してくれてありがとうございます。スケジュールは明日までにいくつか候補を送りますね」

いずれにせよ、せっかく獅堂が雪野を安心させようと挨拶の機会を作ってくれたのに、そのことに漠然とした不安を感じた、などと言ったら失礼だ。雪野は胸のモヤモヤを一旦《いったん》脇に置いて、得意のクールと評される表情を作ってぺこりと頭を下げる。

「あぁ、頼む。急ぎではないし、ユキノの都合のいいときでいいからな」

ほっと小さく息を吐いた獅堂は、微笑みを浮かべて髪をかき上げた。彼が髪をかき上げるのは何か思うところがあるときの癖ではなかったか。やっぱりおかしい、と感じてしまう自分は、疑心暗鬼に陥《おちい》っているのだろうか。

「そろそろ時間だ。次に会えるのは三日後──の、ユキノの当直の翌日か。行きたいところや食べたいものがあったらリクエストはいつでも大歓迎だ。特にないようなら、俺がデートコースをピックアップしておこう」

ちゅ、と雪野の唇に掠めるようなキスをして、獅堂はすっくと立ち上がった。長い足でスタスタと玄関に向かう彼の背中を追おうとした雪野は、鞄にしまった折り紙のことをハッと思い出す。

歯車が狂い始める序章のような微妙な空気を感じてしまった今こそ、完成したばかりのホワイトライオンの折り紙をプレゼントすべきではないか。手渡すだけなので時間をとらせる心配もなく、むしろ一瞬で彼を喜ばせることができるはずだ。

きっと彼は美しい瞳をキラキラと輝かせて、屈託《くったく》のない笑顔を向けてくれる。そうしたら、このよくわからない不安も吹き飛ぶような気がする。

「獅堂さん──」

「そうだ、俺、最近休憩中に折り紙を作ってて──」

いそいそと床に置かれた自分の鞄を開けようとしたところで、獅堂がこちらを振り向いた。

「そういえば山吹や新谷と一緒に医局でなんだか楽しそうに作っているのを見かけたな。患者とのコミュニケーションのきっかけも増やせるし、いいんじゃないか?」

薄く笑んだ獅堂に、雪野はきゅっと口を噤《つぐ》んだ。ペールブルーの瞳の温度が低い。言葉は肯定的なのに、なんとなく突き放すようなニュアンスを感じるのは、多分気のせいではない。

――タイミング間違えた……。

ここ数日の彼のスケジュールと言えば、アメリカで仕事をし、ヨーロッパの実家に出向き、雪野のもとを訪れて、明日はまたアメリカで仕事だ。ただでさえ多忙なのに、時差すら無視して雪野のために時間を割《さ》いてくれている獅堂からしたら、休憩時間の息抜きとはいえ仲間とわいわい折り紙に興じる雪野の姿はかなりのんきに見えただろう。

自分の不安を解消したくて気が急いて、判断を誤った。喜ばせるどころか、呆《あき》れさせてしまった。そんなつもりではなかったのに。

心の中で反省しながら、雪野はすでに玄関で革靴を履いている獅堂のもとへ向かう。雪野の表情が曇ったことに気付いたのか、彼は尻尾のふさ毛で鼻先をこしょこしょしてくれる。大好きなふさ毛の感触も、なぜかいつもより素《そ》っ気《け》なく感じる。

「ゆっくりできなくて悪いな。次のデートで話を聞かせてくれ。あぁ、もちろんメッセージと自撮りは毎日送るぞ」

「……はい。あの、獅堂さん」

責められたわけでもないのに、いろいろと弁解したい気持ちが湧いてくる。しかし今、彼を引き留めて「獅堂さんのために作りました」なんて善意の押しつけみたいな言い訳をしたところで、それは自己満足の上塗《うわぬ》りでしかない。口から零《こぼ》れかけた弱気な言葉をぐっと飲み込んだ雪野は、何事もなかったかのような表情を作る。

「移動続きで疲れているでしょうし、こちらのことはあまり気にしないでくださいね。俺、一日くらい獅堂さんの自撮りが届かなくても平気ですから」

大丈夫。少しタイミングを間違えただけだ。喧嘩になったわけではない。心配ない。

そう自分に言い聞かせて、平静を装い「いってらっしゃい」と手を振ると、彼も綺麗な笑顔で「行ってくる」と返してくれた。雪野の大好きな、眉尻を下げて甘えるような表情の笑みは見られなかった。

小さな綿埃《わたぼこり》みたいな不安が、胸に蓄積《ちくせき》していく。

＊＊＊

あれから三日が経過したが、獅堂《しどう》からは何事もなかったかのように毎日自撮り付きのメッセージが届く。雪野《ゆきの》も変わらず証明写真みたいな自撮りを、アメリカにいる彼に送っている。

――このあいだの違和感は、俺の考えすぎなのか？

彼の言動が突飛なのはいつものことだし、両親への紹介の件も、雪野のためを思ってのことだろう。髪をかき上げる癖が出ていたから何か思うところがあるのではと疑ってしまったが、単に時差ボケで疲れているのを隠そうとしていたのかもしれない。

そう考えると、折り紙の話をしたときに反応が冷たく感じられたのも本当に時間がなかっただけだったのでは——。

「……だとしたら、何も問題ないはずなのに、こんなに悲観的になっていること自体が問題なんだけど」

今日はこれから当直だ。救急外来室に向かって足を進めながら、雪野は一人で小さく溜息を吐いた。

まるで小説の伏線を集めるみたいに、わざわざ不安になる要素を拾って、まんまと不安になっている自分に呆れる。でもどうして悲観的な思考に陥っているのかというと結局、今後遠距離になって、彼と一緒にいる時間が減ることが不安だからに他ならない。無限ループだ。

——こんなに優しく尽くしてもらっているのにまだ不安だなんて言ったら、獅堂さんだって困るよな。

獅堂は彼の都合で雪野をアメリカに連れて行くようなことはせず、雪野が自分らしく働くことを優先してくれている。そのうえで彼はどこにいても毎日雪野にメッセージを送り、逢瀬の時間もマメに作ってくれる。最大限の愛情で以《も》って、物理的に離れた距離を埋めようと配慮してくれている。

何より雪野だって、獅堂に日本だけにいてほしいとは思っていない。彼が己の能力を活かして生き生きと働ける環境に身を置くのは、雪野の願いでもある。だから、獅堂に対して「もっとこうしてほしい」という要望はない。ただ自分が不安なだけなのだ。

喧嘩をしたのなら話し合いをすればいいし、具体的なお願いをすれば、彼はきっと聞き入れてくれる。そういう議論は関係性を構築するうえでも大切だ。

しかし、この解決しようのない抽象的《ちゅうしょうてき》な気持ちをぶつけたところで何になるだろう。それは夏休みが終わってほしくないと駄々をこねる子どもみたいな、建設的ではない、ただのわがままだ。わりと冷静で理性的なタイプだと自負していた雪野だが、恋愛においてはそこそこ情緒《じょうちょ》不安定になってしまっている。

いい大人なのに、取り留めのない不安を持て余すなんて情けないし恥ずかしい。彼には、こんな自分をあまり知られたくない。

——俺が勝手にぐるぐるしてるだけなら、それを口に出して表面化させる必要はないよな。獅堂さんに心配かけるだけだし。

明日になれば獅堂に会える。顔を見て触れ合ってゆっくり過ごせば、胸のざわつきもきっと収まる。このあいだ彼の腕の中でうっかり不吉な想像をしてしまったときも、ぎゅーっと力を込めてくっついたら気持ちが落ち着いた。無性に彼が恋しい日が続いたときも、彼の温《ぬく》もりを感じたら気持ちが安らいで、心も充電満タンになった。

今回も自分の中でちゃんと消化できる。大丈夫だ。

「……でもこんなふうに不安になったときに、これから先もすぐに会えるとは限らないんだよな」

無意識に口から零れた自らの呟きに、雪野は身震いした。

獅堂は「向こうに拠点を戻しても月に一、二回はゆっくり会える時間を作る」と言ってくれたけれど、逆に言えば月に一、二回しか会えないということだ。雪野から会いに行くこともできなくはないが、新人外科医の身では自分の都合でスケジュールを決められない場合も多いので、彼のように頻繁《ひんぱん》に海を越えて行き来するのは難しい。

――……あ、まずい。なんか、ちょっと怖いかも。

思考がよくない方向に引っ張られているという自覚はある。しかし、今みたいなどうしようもない感情が胸に湧き上がったとき、逢瀬の日までそれを抱え続けなければならないのか、と想像してしまったせいで、今までなんとか蓋《ふた》をして押さえてきた不安が噴きこぼれ始める。

考えても仕方ないことを考えるなんて無意味だとわかっているのに、心が言うことを聞いてくれない。早く彼に会いたいのに、明日こんなぐらぐらした気持ちで会ったら変なことを口走ってしまうのではないかと考えると、よりいっそうどうしたらいいかわからなくなる。

「あ、雪野先生、今夜の当直よろしくっすー」

不意に本日一緒に当直に入る山吹《やまぶき》に声をかけられ、雪野はハッと顔を上げた。後輩の顔、リノリウムの床、廊下の先にある救急外来室の扉を順に見て、頭を切り替える。

「うん。よろしく、山吹先生」

小さく息を吸い込んで、背筋をしゃんと伸ばす。まずは目の前の仕事に集中だ。たとえプライベートでは不慣れな恋に右往左往していても、白衣を纏《まと》っているあいだは、父にも、母にも、そして獅堂にも、恥じない医者でいなくては。


救急外来に先日退院したウシ獣人の牧田《まきた》がやってきたのは、夜の十時を過ぎた頃だった。腹痛と空吐《からば》き、そして息苦しさを訴《うった》えた彼は、その直後ショック状態に陥ってしまった。

「開腹することになるかもしれないから、とりあえず山吹先生は茂草《もぐさ》先生に連絡してみて。……造影CTも撮った方がいいいな。ええと、すみません、ご家族から検査の同意書をもらってきてくれますか？」

山吹と看護師の女性に指示を出しながら、雪野はストレッチャーに横たわった牧田のバイタルを確認する。現時点でのマストの対応はもう済ませたので、あとは一つ一つ、でき得る限りの処置をしていくしかない。

獣人の体内は人間より複雑だが、CTを撮れば見えてくるものもあるかもしれない。腹痛を訴えていたことから、普通に考えたら先日の手術箇所から出血したか、もしくは癒着《ゆちゃく》による腸《ちょう》閉塞《へいそく》か。しかしそれにしては下血もないし、症状も若干異なる気がする。

開腹は多分、彼の執刀医を務めた茂草が行う。とはいえ、茂草が来るまで患者をボサッと眺めていればいいわけではない。牧田の容態を最低でもキープしなくてはいけないし、何の処置をするにしても判断を間違えるわけにはいかない。

「茂草先生と連絡取れました！　二十分以内には着くからＣＴ撮っておけ、一旦みんな雪野先生の指示に従え、雪野先生はいつも通りでいろ、だそうです」

「雪野先生、ご家族の方から検査の同意取って、ＣＴ室への連絡も完了しました！」

山吹と看護師がほとんど同時に声を上げた。茂草からの信頼が伝わってきて、誇らしさと同じくらい、責任の重さに冷や汗が滲む。まずはＣＴ室に移動させよう、と雪野がストレッチャーに手をかける。そのとき、心電図が異常な動きを始めた。

「……駄目だ。呼吸ができていない。移動は一旦中止！　処置が先だ」

「挿管《そうかん》しますか」

心電図を読んだ雪野の背後から、すかさず山吹が問う。

気管内挿管は自力で呼吸ができなくなった場合などに行われる処置で、チューブを口から気管に挿入することで人工呼吸器による呼吸をさせることができる。次のアクションとしては妥当《だとう》と言える。やはり山吹は一年目とは思えないほどしっかりしている。

そうしよう、と言いかけて、雪野は妙な違和感を覚えた。急がなくてはいけないのに、周りがスローモーションに見える。振り返ると、切羽詰まった表情の山吹と目が合った。その後ろの看護師も顔が強張《こわば》っている。

――二人とも、不安なんだ。

当然だ。山吹は器用に何でもこなすけれど、去年まで医学部の大学生だったのだ。当直の看護師もまだ若く、経験豊富とは言えない。今、雪野が狼狽《うろた》えた姿を見せたら、よくない動揺が広がる。

——落ち着け。落ち着け。俺が不安そうな顔をしたら、彼らはもっと不安になる。

雪野先生、と呼ぶ山吹の声に焦燥《しょうそう》が混じる。雪野は小さく深呼吸をしてから彼に向き直り、いつも通りの愛想のない真顔で口を開く。自分にできることにはまだ限りがあるけれど、何もできないわけではない。とにかく、茂草まで繋ぐのだ。

「ごめん、ちょっともう一回聴診器《ちょうしんき》を当てる。気管内挿管の準備と、念のため胃管チューブも用意して。大丈夫、俺が指示を出すから」

「は、はい」

無心で器具を調える山吹を背に、雪野は牧田の胸に聴診器を当てる。もう時間がない。今まで得た知識を脳内から引っ張り出して、数秒のうちに判断を下さなくては。

「……異常があるのは、心臓でも肺でも大腸でもない。多分、胃だ」

動物の牛は胃が四つあることはよく知られているが、ウシ獣人の胃もそれに近い形をしている。そして反芻《はんすう》動物が罹患《りかん》することが多く、死に至ることもある病気の一つが鼓腸症《こちょうしょう》だ。人間が罹《かか》った場合は主にガスが溜まってお腹が張るといった症状が見られる鼓腸症だが、ウシ獣人の胃内では異常発酵《はっこう》が起こりやすく、レアケースではあるが重篤化《じゅうとくか》しやすい。現に牧田が息苦しさを感じていたのは、胃が拡張しすぎて肺を圧迫し、空気を吸い込めなくなっていたからだろう。獣人は胃の位置や内臓の造りが複雑なので、すぐには気付けなかった。

「胃の膨張《ぼうちょう》で肺が圧迫されている状態での気管内挿管は逆に危ない。まずは胃内の圧力を下げないと。山吹先生、胃管チューブを」

山吹から手渡されたチューブを牧田の鼻から挿入《そうにゅう》する。雪野の手は緊張で冷え切っていたが、なんとか一発で挿入し、胃内のガスを抜くよう処置をする。幸い胃捻転《いねんてん》などは起こしていなかったらしく、ガスが抜けると牧田は呼吸を再開した。

「うぁ……心電図の波形、正常になった……」

山吹がぽつりと呟いた声に、雪野は大きく息を吐いた。他に異常がないかの検査は必要だが、主な原因は獣人型の鼓腸症で間違っていなかったのだろう。

「ゆ、雪野先生、やっぱりすげぇ。俺、呼吸が止まった牧田さんを見てかなり焦ってたんですけど、こんな状況でもいつも通り冷静な雪野先生を見てたら大丈夫だって思えたし、自分のやるべきことに集中できました」

尻尾をぶんぶん振って尊敬の眼差しで見つめてくる山吹に、雪野は軽く苦笑する。

——実際はものすごいやせ我慢だったけど。

あのとき山吹と看護師の強張った顔を見て、自分がしっかりしなくてはと思った。彼らが平常心で対応できるよう、身体中の震えを抑え、背中を冷や汗でびしょびしょにしながらも必死に余裕のある振りをしたのだが、どうやらその甲斐《かい》はあったようだ。

「山吹先生も一年目なのにあの状況で次のアクションを考えられる時点でかなりすごいよ。……ちょっと尻尾の動きを抑えようか」

「あっ、すみません」と言ってふさふさの尻尾を摑んで手動で止める山吹は、すっかり通常運転だ。いまだ心臓がバクバクしている雪野より、彼の方が余程図太い。

「バイタルも安定したし、茂草先生に一報を――」

「なんだよ雪野、完璧《かんぺき》じゃねえか。頼もしいな、おい」

急場を凌《しの》いだ旨《むね》を連携《れんけい》しておこうと雪野が業務用モバイルを取り出すより早く、扉の向こうから茂草が現れた。予想より随分《ずいぶん》と早い。おちゃらけた様子で雪野の脇腹を肘《ひじ》で突いてくる彼の額には汗が滲んでいる。相当急いで駆けつけてくれたのだろう。

「というか、獅堂先生も呼んだのか？　なんかずっとそこの壁際にいるけど」

「へ？」

そんなわけないだろう、と首を捻《ひね》りつつ茂草の指す方向に視線をやると、なぜか獅堂がぽかんとした顔で佇《たたず》んでいた。何をしに来たのか、いつの間に入室していたのか、この人こんなに存在感消せたのか――と頭の中をいろんな言葉が飛び回って、雪野は口をパクパクさせた。

「たまたま忘れ物を取りに来たら、急患が入っているみたいだったから少し様子を見ていたんだが、俺の出番はなかったようだ。東凰の医者は優秀だな」

何も言えずにいる雪野に代わって、獅堂が髪をかき上げて片目を閉じた。様になっているが、忘れ物というのは多分嘘だ。きっと雪野に用事があって来たのだろう。何の用事かはわからないけれど。

「わざわざすみませんね。後輩たちが頑張ってくれたおかげで、とりあえず大丈夫そうです。よし、じゃあ雪野、山吹。経過を見ながら検査していくか」

獅堂に頭を下げた茂草が、こちらに向き直って指示を出してくれる。山吹と一緒に返事をした雪野は、ちらりと獅堂を窺った。

「……車で待ってる。朝になったら一緒に帰ろう」

雪野にだけ聞こえる声で、獅堂が素早く耳元で囁いた。明日の夕方に会う約束をしているのに、彼がわざわざ今夜病院にまでやって来た理由は不明だが、その声色はどこかすっきりしており悪い予感はしない。

ストレッチャーに手をかけた雪野が目線だけで了解の意を示すと、彼は安堵したように口元をわずかに綻ばせた。

＊＊＊

翌朝、引き継ぎを終えた雪野《ゆきの》は、獅堂《しどう》の運転する車で彼のホテルへ向かった。当直明けということもあり少し休むよう獅堂に言われ、ひとまず車内で仮眠を取らせてもらうことにした。当直中も多少は眠れたし、それよりも聞きたいことや話したいことがたくさんあったのだが、自覚していた以上に疲れていたらしい。目を閉じたら熟睡《じゅくすい》してしまった。

ホテルに着くと、獅堂に勧められるまま眠気覚ましにシャワーを借り、真っ白なバスローブを羽織って広すぎるソファに腰かけた。スーツの上着を脱いでネクタイを外し、オフモードになった彼が、ミネラルウォーターをコップに注いで雪野に手渡してくれる。

「昨夜のウシ獣人の処置、途中から見ていた。本当に見事だった」

隣に腰を下ろした彼に、労るように優しく頭を撫でられて、肩の力がほっと抜けた。あのときは無我夢中だったけれど、自分はちゃんと対応できていたのだ。尊敬する外科医に褒めてもらえた嬉しさと安堵に、無意識に強張っていた心が解れていく。

「ありがとうございます。処置中は内心テンパってましたが、学んできたことをなんとか活かせました。……ところで獅堂さん、なんであそこにいたんですか？」

コップに注がれた水を一口飲んでから、雪野はおずおずと彼に尋ねる。獅堂が珍しく困ったような顔で笑い、頰を掻く。

「このところ、ユキノの様子が少しおかしかったから――」

「ごめんなさい。最近少し悩んでいて。……俺、そんなに顔に出てました？」

医者としては褒めてもらえたが、恋人としては結局彼に心配をかけてしまったことが申し訳なくて、雪野は彼が言い終えるより早く謝罪を口にする。

もともと表情豊かなタイプではないし、特に今回は忙しい彼に気取られないよう平気な振りをしていたつもりだったのだけれど――と自分の顔に手を当てた雪野の疑問に答えるように、獅堂はスマホを取り出してこちらに画面を向けた。

「これを見てくれ」

「うわぁ」

アルバムアプリには「ユキノ」のフォルダがあり、雪野が送った真顔の自撮りがずらっと並んでいる。圧巻である。もはやコピペにしか見えない。今度からもう少しアングルとか変えてみよう。思わず余計な反省をし始めた雪野に、彼はいくつかの写真を指差した。

「ほら。このあたりとか、特にここ数日、ユキノが少し元気ない」

「え、一緒じゃないですか……?」

ヒヨコの雌雄《しゆう》より区別がつきにくいのでは、と訝ったものの、たしかに彼の指した画像の自分は心なしか憂《うれ》いを含んだ顔をしている、ように見えなくもない。表情はともかく、少なくともここ数日は実際に不安に駆られていたわけで、つまり彼の直感は正しい。

「……すみません。獅堂さんが俺のためにすごく尽くしてくれているのはわかっているのに、俺、自覚していた以上に遠距離になるのが不安だったみたいです」

雪野は若干情けない気分になりつつ、ここで隠したらさらに心配されてしまうのは確実なので、正直に打ち明けることにした。

「どんなに気にかけてもらっても会う時間が減るのは寂しいし、そういう寂しさや不安みたいなどうしようもない感情が生まれたとき、次に会える日まで抱えていなければいけないのも少し怖いです。別れたいとかではなくて、というか絶対に別れないですけど、なんか、自分の中でうまく整理できなくて」

「うん、大丈夫。わかってる」

「俺、今まで恋愛をしてこなかったから気付かなかったんですけど、思った以上に心が狭《せま》いみたいなんです。ビデオ通話をしたときも、綺麗で優秀な獣人ってだけで既婚者のマリーさんにまで嫉妬しそうになったり、他にも同じようなスペックのフリーの獣人女性が獅堂さんを狙ってるんじゃないかとか、見てもいないものにまでモヤモヤしたりして、自分で勝手に不安を増《ぞう》殖《しょく》させる始末で。……呆れました？」

肩を落として白状した雪野を抱き寄せた彼は、穏やかな声で「大丈夫、わかるよ」と相槌《あいづち》を打ってくれる。

——話したら話したで、気を遣わせてしまって居《い》た堪《たま》れない。

まだ出会って間もない頃、患者の不安にまったく寄り添わない彼に「不安になったことはないのか」と尋ねたら、「ないな。大抵のことは自分でどうにかできるし、この俺にどうにかできないことは他の人にもどうにもできないから諦めるしかないだろう」と堂々たる答えが返って来たことを思い出す。

そんな獅堂に「わかるよ」などと宥《なだ》められてしまった、と背中をぽんぽんされながら雪野は内心で項垂れる。

「ユキノは俺が浮気をするとか、疑ったりしているわけではないんだよな。ただ『自分よりは獣人女性が隣にいる方が自然に見える』みたいな、考えても仕方のない漠然とした不安が溜まって、普段なら気にならないようなことも心細く感じたりして、どうにもならなくなりそうだったんだろ?」

一定のリズムで背中を叩いてくれる彼が当然のように口にした台詞に、雪野は素直に頷きかけて、ガバッと顔を上げた。さっきの「わかるよ」は雪野を宥めるための言葉ではなかった。驚くべきことに、どうやら彼は本当に不安というものを理解しているらしい。

「えっ、はい、そうです。その通りです」

思わずかつてないほど目を見開いて首を縦にぶんぶん振ると、彼は「驚きすぎだ」とおかしそうに噴き出した。

「俺もそうだから、わかるようになった」

「へ?」

「最近ユキノの様子が少しおかしくて心配だったのは事実だが、昨夜わざわざ東凰《とうおう》まで行ったのは、当直の相手が山吹だと思い出したからだ」

「はい？」

白銀の髪をかき上げて、獅堂は気まずそうに口を開く。

「わかっている。いくらユキノが魅力的だからと言って、現実的に考えて人間の、しかも同性の相手にアプローチする獣人は滅多《めった》にいないというのは、頭では理解している。でも彼はユキノに異様に懐いていただろう。事情があったとはいえ匂いをつけられたり、仲良く折り紙をしたり……このあいだユキノが折り紙の話をしてくれようとしたときも、彼の顔が頭を過ったらなんだか聞きたくなくなって遮《さえぎ》ってしまい、すまなかった」

髪から覗くふわふわのライオン耳はぺたんと伏せられており、自信家の獅堂が心許《こころもと》ない気分になっていることが伝わってくる。

「あのときは時間も心の余裕もなかったから、微妙な雰囲気で離れたまま数日経ってしまって。そんな状態で山吹と当直で一晩一緒なんだと考えたら急に胸がざわざわして……真面目なユキノが当直中に浮気なんてするわけないのに、気付けば帰国した足でそのまま東凰に向かっていた。お前の顔を一目見て、安心したかったんだと思う」

「……俺が浮気しないのは当然として、山吹先生も俺に恋愛感情なんてありませんよ」

今度は雪野が獅堂の背中をぽんぽんと撫でてやると、彼は猫みたいに頬を擦り寄せてくる。

「そうだな。本当にそうだった。ごめん、俺はお前を見くびっていたんだ。お前が毎日努力していることを知っているのに、山吹がユキノに懐くのはお前が愛らしいからだと、心のどこかで考えていた。だから昨夜、居ても立っても居られなくなって訪れた東凰の廊下で、すれ違った看護師がウシ獣人の急患の話をしているのを耳にしたときも、俺はお前を助けてやらなくては、と思ってあの場に駆けつけた」

ところがいざ到着してみれば、雪野が一人前の医者の顔で後輩に指示を出し、積み重ねた知識を活かしてイレギュラーの多い獣人患者に適切な処置を施《ほどこ》していた。そこで獅堂はようやく目が覚めたという。

「あんなにかっこいい先輩なら山吹が下心なしで懐くのも頷けるし、彼の瞳には敬意しかなかった。ユキノは俺が思っていた以上にいい医者で、頼りになる男だった。惚《ほ》れ直《なお》すと同時に反省したよ。俺はお前を心配しているつもりで、本当は自分と山吹を比べて焦っていたんだな」

「獅堂さんと山吹先生を、比べる？」

「俺と違って、山吹は東凰に毎日いるだろう」

研修を終えて東凰以外に入局するとしても、山吹は少なくとも当面は国内にいる。街を歩くときだって、白銀の髪や耳、尻尾で白変種のオーラ全開の獅堂より、普通のイヌ獣人の山吹の方が、いくらか雪野の隣に自然に収まる。歳も近いし、金銭感覚や常識、他人の感情の察し方も、山吹の方が雪野に近い。

一つ一つ指を折って数えながら、獅堂は少し切なげに笑った。

「彼だけじゃない。——たとえば俺と、東凰の看護師の女性を比べたら、ユキノが気楽に付き合えるのは後者だろう。ユキノはどんどん綺麗になるから、好意を持つ女性が近場に現れてもおかしくはない」

仮にそんな人が現れたとしても、雪野が獅堂以外を好きになんてなるわけがないのだから意味のない比較だ。だけど無意味な思考をこねくり回して勝手に不安を増幅《ぞうふく》させてしまうのが、恋なのかもしれない。獅堂も自分に恋をしているのだな、と雪野は場違いにも感心し、はたと気付いた。

「獅堂さん、もしかしてずっとやせ我慢してました？」

彼は雪野に何度も「ユキノを不安にさせたりはしないから安心してくれ！」「ユキノは何も心配しなくていいぞ！」と言ってくれていた。しかしそれは昨夜、救急対応中に山吹たちを動揺させないために、自らを奮《ふる》い立《た》たせて余裕のある振りをした雪野と同じだったのではないだろうか。

恋愛経験のない雪野が遠距離の不安や動揺に押しつぶされて、よくない方向に転がっていってしまわないように。彼も必死に自らの不安を押し殺していたのだろうか。

「……遠距離恋愛に耐え切れずに別れるカップルは多いだろう。だから日本にいるうちに遠距離に対するネガティブなイメージを少しでも払拭《ふっしょく》したくて、『距離なんて大したことない』とユキノに刷《す》り込《こ》もうと思ったんだ」

必要以上に余裕ぶって頼りになる恋人らしく振る舞おうとして、かえってギクシャクさせてしまった、と彼はしゅんと目を伏せた。逞《たくま》しい身体を丸めて「こんなに大切な恋は初めてだから、勝手がわからなかったんだ」と上目遣いをしてくる恋人に胸がきゅうっと締め付けられ、雪野はソファの上で膝立ちになって彼の頭を自分の胸に包み込む。

「いえ、獅堂さんが俺を安心させようとしてくれているのは伝わってましたから。俺の方こそ、不安を隠そうとしたのが逆効果だったみたいですみません。あと――このあいだ、せっかく獅堂さんがご両親に宣言してくれたのに、自分がまだ母親に話せていない罪悪感もあって微妙な反応をしてしまったことも、ごめんなさい」

「気にしなくていい。そこもユキノのペースでいいんだ。……急に両親に宣言したのも、俺がユキノと離れるのが不安で、外堀を埋めようと焦っていたからだし」

だからあのときどこか不自然で強引な感じがしたのだ。自分と同じように不安を感じていた獅堂に愛おしさが募《つの》り、雪野は彼から身体を離してまっすぐに視線を合わせる。

「俺ばっかり不安なんだと思ってました。でも、獅堂さんも同じだったんですね。なんか、それがわかったら安心しました」

「……そうか。俺もユキノも自分が頑張ればいいと思って、平気な振りをすることに必死で、肝心の相手のことがあまり見えていなかったのかもしれないな。……俺は本当は、ユキノのことになると余裕の欠片《かけら》もないただの男なんだ。だからこれからは俺もユキノに寄りかかることにする」

理屈ではどうにもならない不安を一発で解消する方法はないけれど、分かち合うことで得られる安らぎはある。寂しいときに「寂しい」と伝えることは悪いことではない。すぐには会えなくても「俺も寂しい」の一言で、きっと孤独は少しだけ薄まる。

一人でなんとかしようと思わなくていい。愛は二人で育《はぐく》むものなのだから。

「俺も獅堂さんにもっと甘えることにしますし、獅堂さんをもっと甘やかすことにします」

そう宣言した雪野の頬に手を添えた彼は、眉尻を下げた屈託のない笑みを浮かべ、優しく唇を奪った。それは次第に深くなり、心ごと相手に明け渡すようなキスに頭がくらくらしてくる。

「ユキノ、愛してる。お前はかっこよくて可愛くて、最高の恋人だ」

雪野が身にまとっていたバスローブの紐《ひも》をするりと解いて床に落とした獅堂が、はだけた胸元に口付けてくる。柔らかな唇が皮膚を掠める感触に身悶《みもだ》えつつ、雪野は彼の腰のあたりに手を伸ばす。

「獅堂さんだって、最高の恋人です。あなた以外は目に入らないくらいに」

口付けの合間に愛の言葉を返しながらズボン越しに尻尾の付け根を擦ってやると、彼はぴくりと反応したあと、少し困ったように視線を彷徨《さまよ》わせた。

「ユキノ、尻尾の付け根を触るの、ちょっと控えてくれないか?」

「気持ちよくないですか……?」

「そんな可愛い顔をしないでくれ。気持ちいいんだが、優しくできなくなりそうで怖い」

苦笑を浮かべた獅堂に、雪野は「優しくなくてもいいです」と彼の胸を押し返す。

「大切に扱ってもらえるのは嬉しいけど、その一方で獅堂さんを満足させてあげられていないんじゃないかっていうのも、実は少し不安でした。俺は人間の男なので、当たり前だけど獣人女性みたいにフェロモンで本能を刺激することはできないじゃないですか」

若干拗《す》ねた口調になっていることは自覚しつつ、ついさっき不安なことも隠さずに行こうと決めたところなので、雪野はぼそぼそと続ける。

「セックスがすべてではないけど身体の相性って大事な要素だし、そういう引け目がないとは言えません。だからせめて拙《つたな》いなりに、獅堂さんに気持ちよくなってもらえるように技巧《ぎこう》を磨《みが》こうかと思ったんですけど」

自らの目元を手で覆って天を仰いだ獅堂は、咳払《せきばら》いをしたのちに真面目な顔を作ろうとして失敗し、崩壊した顔面を慌てて元に戻して、今度こそ真面目な顔で雪野を見つめた。

「いいか、ユキノ。たしかに獣人同士のフェロモンは行為中のスパイスにはなるが、別にそれがなくたって気持ちよくなれるし、愛の前では些細《ささい》なものだ」

「……でも、そういうセックスをしたことはあるんですよね」

納得はできるけれど、彼の言葉の端から豊富な経験をうっすらと嗅ぎ取ってしまい、雪野は口を尖らせる。せっかく今は近くにいるのだから、このくらい甘ったれてみてもいいだろうか、と彼を窺うと、獅堂の喉からごろごろと喜びの音が聞こえてきた。

「ユキノが妬《や》いてる……かわいい……むり……」

「え、語彙力《ごいりょく》、大丈夫ですか」

いとしい、むり、とひとしきり身悶えた獅堂は、大きく深呼吸して喉のごろごろ音を止めてからこちらを見た。

「正直に言えば十代や二十代の頃はそういうセックスをしたことがあるが、発情状態というのはどちらかというとアルコールで酔《よ》った感覚に近いんだ。楽しいし盛り上がるけど、噛みしめるような幸福とは違う。だから愛する相手との行為なら、獣人の本能なんて関係なく身も心も満たされるものだし、むしろ俺はフェロモンに左右されずに素面《しらふ》のままユキノを堪能できることが嬉しい。わかった？」

鼻と鼻をすりすりしながらあやされて、雪野は安堵とともに照れ笑いを浮かべる。

「……はい。だけど必要以上に優しくしなくていいっていうのも本心ですからね。俺に遠慮して獅堂さんが満足できないのは嫌なので」

「まあたしかに、遠慮というか、好き放題がっついてお前に嫌われたくない一心で抑えていた部分はあるな」

うーん、と唸った獅堂は、不意に雪野を横抱きにし、長い足ですたすたと寝室に向かう。

「でもそういう俺の保身がユキノを不安にさせたなら、今夜はもっと自分の欲に忠実にお前を求めてみることにする。これ以上は無理だと思ったら、すぐに言うんだぞ」

雪野の身体をベッドに降ろした獅堂は、ダークグレーのワイシャツを脱ぎ捨てて逞しい上半身を晒《さら》した。覆いかぶさってきた彼のペールブルーの瞳の奥に、燃えるような情欲が揺らめいている。思わずふるりと身を震わせて頷く雪野の頬や唇に、彼が口付けを落とす。そして首筋に鼻先を埋めて深呼吸し、耳朶《じだ》や首筋、鎖骨《さこつ》に舌を這《は》わせていく。

「ん……っ」

「ユキノ、いい匂いだ。食べてしまいたいくらい愛しい」

雪野が再びズボン越しに尻尾の付け根を撫でてやると、彼はぐるると喉を鳴らしながら熱っぽく囁く。

彼の吐息が肌を掠めるくすぐったさと、人間より少しざらついた舌で舐められる感覚で、雪野の身体がじわりと火照《ほて》る。くんくんと匂いを嗅いでは丹念に舐めあげてくる彼に羞恥を感じて軽く身を捩《よじ》ろうとしたところで、首筋にかぷりと歯を立てられた。肉食獣人の鋭い歯が皮膚に埋まり、ぞわっと肌が粟立《あわだ》つ。

続けて肩に噛みついた彼が咀嚼《そしゃく》するみたいに顎を動かす。この刺激はまずい。雪野の中心にみるみる熱が集まってしまう。微《かす》かな痛みを与えられるたびに快楽が増幅するのを感じる。自分はこの愛しい白獅子の獲物なのだという、背徳感にも似た高揚が腹の奥を疼かせる。

は、は、と短く呼吸を繰り返して熱を逃がしているうちに、ようやく肩への刺激が止《や》んだ。しかし安心して小さく息を吐いた雪野の視界の端で、彼の白銀の頭が胸元に移動する。美味しそうだ、と呟いた彼は、今度は雪野の胸の飾りを口に含み、舌で熱心にざりざり舐め始めた。

「んっ、待っ……あぁっ」

舌での愛撫が電流のように下腹に響いてしまい、息も絶え絶えになりながら制止しようとしたところで、彼が胸の粒《つぶ》を前歯で挟んだ。びりっと痺れる刺激にたまらず嬌声《きょうせい》を上げた雪野に、彼がハッと我に返って顔を上げる。

「悪い、痛かったか？　ユキノの匂いや味を堪能していたらつい夢中になってしまった。遠慮なくお前を求めるつもりとはいえ、痛い思いはさせたくないから気を付ける」

真摯な瞳を向けられ、雪野は口をもごもごさせる。

「あの、痛かったわけではなく……いや、ちょっとは痛かったですけど」

言葉で伝えるのは恥ずかしすぎるので、雪野は涙目になりながら彼の手首を摑み、自らのはだけたバスローブから覗くボクサーパンツに導く。そこは誤魔化しようもないくらい勃《た》ち上《あ》がっており、噛まれるたびに漏れてしまった先走りでじっとりと湿っている。獅堂が頬を染めて目を丸くする。

「……ちょっと痛いのが気持ちいいのか？　俺の歯が肌に食い込んで、ここをこんなに濡らしてしまうくらい？」

「なんでわざわざ声に出すんですか、獅堂さんのバカ」

真っ赤になった雪野が睨みつけると、彼は「もっと言ってくれ」と相好《そうごう》を崩し、そのまま顔を移動させて下着の上から屹立《きつりつ》を口に含んだ。わずかに歯を立てた状態であぐあぐされると、あられもない声を上げて身悶えることしかできなくなる。

「んあぁっ、バカ、へんたい……っ」

何かのスイッチが入ってしまった獅堂が、容赦《ようしゃ》なくそこを責めてくる。途中で下着の隙間から彼の手が侵入し、雪野の双丘の奥の蕾を撫で始める。下着越しの甘噛みと並行して後孔を指で解され、雪野は声も出せずに獅堂の髪をすがるように握り締めた。

やがて彼は満足したのか、雪野の足から下着を取り去った。彼の唾液《だえき》と雪野の先走りを多量に含んだ下着が、べしょっと若干重みのある音を立ててベッドの下に落ちる。その音だけでも羞恥で死にそうになり、雪野がぷるぷる震えていると、じんわりと汗ばんだ彼がズボンの前を寛げて、雄《おす》の瞳でこちらを見下ろしてきた。

「ユキノの中、入っていいか?」

掠れた低い声に、雪野の心臓が跳ねる。声にならない声で「いれて」と囁くと、後孔に剛直が突き立てられ、一気に貫かれた。その衝撃で極まりそうになった雪野は自身をきつく握って縛《いまし》め、下腹に力を込める。なんとか耐えた、と気が緩んだ瞬間、雪野の手ごと彼が屹立を握り込んでくる。

「我慢したのか、ユキノ。健気で可愛いな」

「あっ、なんで——っ」

逃げを打つ雪野の身体を片手で押さえた獅堂は、腰を動かして中を抉りながら、もう片方の手でぐしゅぐしゅと雪野の濡れそぼったものを上下に扱く。限界が来てしまった雪野が小さく喘《あえ》いで自分の腹に吐精すると、彼も腰を何度か大きくグラインドさせて熱い精を中に放つ。

一度出したあとも獅堂のそれはまったく衰《おとろ》えず、絶頂の余韻《よいん》で収縮する雪野の中でさらに硬く大きく育っていく。

「ユキノ、こっち」

今日は宣言通り彼自身の欲に忠実に雪野を求めてくれるつもりらしく、獅堂は挿入したまま雪野の腕を摑んで引き起こした。少し荒っぽい仕草にドキリとする。

「ひっ――」

急に対面座位の体勢にされたせいで、彼の陰茎が深く突き刺さってしまい、雪野は全身をびくんと痙攣《けいれん》させた。自分の性器からまたも白濁がぴゅっと散り、頭の中が真っ白になる。

「顔も身体も真っ赤にして、お前は本当に可愛いな」

獅堂は熱に浮かされたみたいにそう言っては、下から雪野を突きあげてくる。ぐるる、ぐるる、と彼の喉から悦《よろこ》びの音が鳴っている。はあはあと息を荒らげる雪野の胸に鼻先を擦りつけた彼が、愛撫で赤く腫《は》れた乳首を再び舌でざりざりと愛《め》でる。

「や、もう舐めないで……っ」

身をくねらせて逃れようとしたら敏感な突起をカプッと噛まれて、雪野は勢いのない白濁をとろとろと漏らした。

「ユキノのここ、どろどろで愛らしいな」

「んあぁっ」

極まりっぱなしで精液まみれになった先端を指先でカリカリと引っかかれて、雪野は仰《の》け反《ぞ》って嬌声を上げた。

そのまま後ろに押し倒された雪野は、両腕を摑まれてシーツに縫い付けられ、ごりごりと最奥を何度も貫かれる。もはや自分が達しているのかどうかもわからないほどの強い快楽に、目の奥でチカチカと閃光《せんこう》が走った。生理的な涙が幾筋《いくすじ》も、雪野の頰を濡らす。

「いつもクールなユキノの顔が、ぐしゃぐしゃだ。可愛い。俺しか見れない、俺だけのユキノだ……っ」

官能に溺《おぼ》れて泣きじゃくる雪野の唇を甘噛みしながら、額に汗を滲ませた彼がこちらを見つめてくる。彼も絶頂が近いのか、切羽詰まった表情が壮絶に色っぽい。

「もう、ずっと、俺の全部、獅堂さんのものですから……っ」

「愛してるぞ、俺のユキノ——」

こんなに必死に自分を求める獅堂の姿も、雪野だけのものなのだろう、と朦朧とする頭で考えた瞬間、腹の奥に熱い飛沫を感じた。低く呻いた彼は、雪野に深く口付けて何度か腰を振り、すべてを中に注いだ。

しばらくすると、雪野に覆い被さったまま呼吸を整えていた獅堂が、ゆっくりと身を起こした。後孔から剛直がずるりと引き抜かれて、空《から》っぽになった腹が少し寂しい。

「んぅ」と吐息混じりの声を上げると、彼は愛おしげに目を細めて雪野の頰を撫でてくれた。

優しい指の感触が心地いい。世界で活躍する神の手ではなく、雪野だけを愛でるたった一人の恋人の手だ。雪野は幸せの中で目を閉じ、夢の世界をふわふわと漂《ただよ》った。

雪野の意識が再び浮上したときには、身体は清められ、裸体はバスローブに包まれていた。時計を見ると二時間ほど経過しており、軽い空腹を感じる。獅堂が隣にいないことに一瞬しゅんとした雪野だったが、隣の部屋から複数名の声が微かに聞こえることに気付いた。もともと今日は夕方から会う約束だったので、彼は昼下がりのこの時間帯には仕事を入れていたのかもしれない。壁が厚いのでほとんど何も聞き取れないが、オンラインの打ち合わせでもしているのだろう。

——あんなに抱かれたあとなのに、まだ獅堂さんとくっついていたいなんて、俺も重症だな。すっかり獅堂限定で寂しがり屋になってしまった自分に頭を抱えたくなるが、まあいいか、と思い直す。これからは一人で何とかしようとしなくてもいいのだ。不安も分かち合える関係を築こうと思えるようになった今、胸に嫌なざわつきは生まれない。

ベッドサイドに置かれた、獅堂が用意してくれたであろうミネラルウォーターを飲んで喉を

潤してから、雪野は情事の余韻《よいん》で生まれたての小鹿のようになった両脚を動かして、よたよたと寝室を出る。

「あれ、いなくなってる」

寝室と隣接した部屋の書き物机にはテーブルに開きっぱなしのPCが置き去りにされているだけで、肝心の本人が見当たらない。

たしかにさっきまで声が聞こえていたはずなのに、と雪野が首を捻《ひね》っていると、不意に女性の声で「ユキノ！」と呼ばれた。びっくりしてPCに近寄ると、ビデオ通話がオンの状態のままだったらしく、彼の同僚のトラ獣人——マリーが画面の向こうで手を振っている。

——バスローブ着ててよかった……。

自分が勝手に会話していいか躊躇《ちゅうちょ》したものの、一応先日のビデオ通話で顔見知りにはなっているし、もし急を要する用事なら獅堂を呼ばなくてはいけないので、雪野はクッションの利《き》いた椅子に腰かけてPCに向き合う。

『ハイ、Mr．ユキノ。首元に猛獣の歯型がついているわ。大丈夫？』

マリーの英語はハキハキしていて聞き取りやすいが、ちょっと今だけ聞き取れなかったことにしよう。雪野が虚無の表情で「獅堂さんを呼んできますね」と立ち去ろうとすると、彼女は苦笑を浮かべて顔の前で手を払った。

『いいの、いいの。すぐ戻ってくると思うから。ちょうどあなたが現れる直前にミーティングが終わったんだけどね、彼はルームサービスが来たとか言って、ビデオ通話も切らずにあっちの方に行ってしまったわ』

出入り口に近い部屋から何やら声が聞こえ、ふわりといい匂いが漂ってきた。目が覚めた雪野が空腹なのを見越して、食べ物を頼んでくれていたらしい。

『で、私は確認し忘れたことがあったから彼が戻ってくるのを待ってるんだけど——思いがけずあなたと話せてよかった。彼、今日はいつも以上に直感がキレキレだと思ったら、あなたと一緒だったのね。ノリに乗った彼のおかげで、チームで研究している難病の治療法があと一歩で確立されそうで、嬉しいと同時に若干引いてるわ』

肩を竦める彼女は、目が本気だ。詳細《しょうさい》はわからないが、勢いのついた天才の馬力が半端ないことだけは伝わってきた。

『世界の医療の発展のためにも、末永く彼のことをよろしく。多分もう、あなたはどう足掻《あが》いてもオウガと別れられないだろうから、彼のもとで幸せになってね』

遠い目をしたマリーの表情には同情こそ混じっているものの、獅堂との関係を批判する色はいっさい感じられない。

「ええと、言われるまでもなく末永く一緒にいるつもりですし、別れる気もないですし、十分幸せなので、ありがとうございます。……すみません、前にビデオ通話で話したときに『諦めた方がいい』とか言われたから、俺と獅堂さんのことを反対しているんだと思ってました」

思わず訝るように呟いた雪野に、マリーは大きな瞳を丸くしてきょとんと小首を傾げた。

『え？　言ったわよ。「現世でオウガ以外と恋愛をすること」は諦めた方がいいって』

英語は文法上、動詞が先に来るので、大勢が一斉《いっせい》に喋《しゃべ》ってガヤガヤしていた状態では「何を」諦めろと言われたのか聞き取れていなかった。

『反対する人なんていないわよ。というか、あのオウガを目《ま》の当たりにしたら反対なんてとても無理。むしろみんなあなたを心配していたわ。オウガの悋気があまりにも、なんというか……濃かったから』

マリーが何とも言えない表情でトラ耳をぴくぴくさせた。獅堂が呼気とともに吐き出していたという悋気話の内容が非常に気になったけれど、彼女の同情的な表情を見るに、怖くてとても聞けそうにない。

『あなたは普通の人間でまだ若いんだし、他に好きな子ができたりしたら「諦めずに逃げろ」って言ってる同僚もいたけど、手遅れよね。あなた、ライオンに頸動脈《けいどうみゃく》をがっぷりやられた小動物状態だもの』

「頸動脈って、俺、死んでるじゃないですか……」

彼女はなぜか片言の日本語で「ザンネンデス」と言った。半笑いだ。

『オウガを遠目に見てキャーキャー言ってた女の子たちも、最近は彼の本気の執着具合にビビっちゃって近付いてこないくらいで——』

だから一体どんな惚気を……と口元をひくつかせた雪野の背中が、不意に温かなものに包まれる。

「ユキノ、何を話しているんだ？」

背後から獅堂に抱きしめられた体勢で、耳元で低く囁かれて頰を染める雪野とは対照的に、画面のマリーの顔が軽く引き攣った。

『なんでもないわ。オウガがユキノのことを大好きだって話をしていただけ』

「それは今日十分すぎるほど俺からユキノに伝えたところ――」

『そうね、ＯＫ、わかった、委細《いさい》承知。それより、この件だけ確認させてちょうだい』

全力で獅堂の話を打ち切ったマリーが画面に英文の資料を投影し始めたので、雪野は一礼して立ち上がる。

仕事の話をするなら静かにしておこうと、とりあえず一番近い寝室に引き返すことにしたものの、マリーの質問に澱《よど》みなく答える獅堂の声を背中で聞きながらよたよた歩いているうちに会話は終わったらしい。ＰＣを閉じた獅堂が、すぐに雪野に追いついた。

「早かったですね」

「そうだな。今日の俺はいつも以上に冴《さ》えているんだ。それより、お腹が空《す》かないか？　少し遅めのランチにしよう。で、食べ終わったらベッドで抱きしめ合ってゆっくりしよう。どこかに出かけるのもいいが、ユキノと一ミリたりとも離れたくない気分なんだ」

背後から雪野の腹にぎゅっと手を回した彼が、甘えるように頬擦りしてくる。そうですね、と白銀の髪を優しく撫でてやると、彼は幸せそうに喉をごろごろと鳴らした。

「……実は山吹先生に匂いを指摘されてから、一緒に寝るときに密着してくれなくなったのも寂しかったです。獅堂さんの匂いが移らないための配慮だとわかっているけど、朝シャワーを浴びたりして対策するから、思う存分すりすりしてほしいです」

「もちろんだ……！　ユキノが自分で選んだ職場や働き方を大切にしたいから、俺の存在がノイズにならないようにと思って我慢していたが、せっかくユキノが近くにいるのにくっつけないなんて、と内心焦れていたんだ」

雪野の肩に顔を埋めた獅堂が、すりすり、というよりはぐりぐり、いや、ごりごりに近い勢いで顔を擦り付けてくる。大型動物にじゃれつかれているような気持ちになり、雪野は口元を緩ませる。

「ルームサービスを取ってくれたんですよね？　ほら、リビングに行きましょう」

そう言って身体の向きを変えようとしたところで、彼が雪野を横抱きにした。反射的に彼にしがみついた拍子に、ベッドサイドの小さな祭壇《さいだん》に祀《まつ》られたライオンのぬいぐるみと目が合う。

「あ、そういえば、鞄の中に――」

「ん？　鞄？　たしかリビングに置いたままだったな」

獅堂は雪野を抱えてルンルンと軽い足取りでリビングのソファまで運び、通勤鞄をこちらへ渡して隣に腰かけた。テーブルに並べられた洋食のセットに食欲中枢《ちゅうすう》を刺激されつつ、雪野は鞄の内ポケットから透明のビニールケースを取り出して彼に差し出す。

「これ――折り紙でホワイトライオンを作ったんですけど、もらってくれますか?」

先日は中途半端に話を打ち切られてしまった折り紙を見せてみると、ペールブルーの瞳がパァーッと輝きだした。

「ユキノが! 俺のために! 折り紙でホワイトライオンを……っ!」

期待以上に喜色満面の笑みをくれた彼は折り紙の入ったケースを両手で大事そうに受け取り、じっくりと眺めている。

「嬉しい。ありがとう。大切に、肌身離さず持ち歩く。出張オペや学会なんかの移動先でもこれを枕元に置いておけば、寂しくて眠れないこともなくなるな」

「え、獅堂さん、寂しくて眠れないことなんてあるんですか」

彼らしくない台詞《セリフ》に首を傾げて問い返すと、獅堂は気まずそうに視線を逸《そ》らし、折り紙をそっとテーブルに置いたあと「……ユキノからもらったぬいぐるみ、たてがみが一定方向に流れていただろう」と珍しくぼそぼそと小声で言った。

「あのときはたまに撫でていると言ったが、あれは嘘だ。本当は撫でた跡ではなく、抱きしめて眠った跡なんだ」

「へ?」

「付き合う少し前――ユキノから離れていた時期に、胸にぽっかり空いた穴を埋めたくてこのぬいぐるみと一緒に寝ていたら、癖になってしまって……今でも結構な頻度《ひんど》で抱いて寝ている。でもさすがにぬいぐるみを持ち運ぶことはできないから、出先でユキノの写真やメッセージを見返しても寂しさが紛《まぎ》れないときは、一晩中寝返りを打って過ごすことも……」

ぬいぐるみを抱いて眠る彼の姿を想像すると、新感覚のきゅんが胸に押し寄せてくるが、それは一旦脇に置いておくことにして、雪野は意外な真実に目を丸くする。

「そんなに寂しがってくれてたんですか」

「今まで俺はどんな環境でも快眠だったんだが、どうやらユキノ限定で極度の寂しがり屋になってしまったらしい」

ついさっき雪野が己に対して思っていたのと同じことを、彼も言い出した。二人とも同じくらい重症だったのか、と雪野は小さく笑う。

「それに、ほら」

獅堂は自らの尻尾を摑んで、雪野の目の前まで引っ張った。このあいだは大好きなふさ毛で鼻先をこしょこしょしてもらったのに、気持ちが沈んでいたせいか素っ気《そけ》なく感じてしまったんだよな、と思い出しながら彼の尻尾を見る。何かがおかしい。

「あれ？　なんか、ふさ毛が小さくなってる……？」

「ユキノに会えない日は、抜け毛が激しい」

「素っ気なく感じたのは気持ちの問題じゃなくて、ふさ毛が薄くなっていたからだったんですか！　あぁ、俺の大好きなこしょこしょが……！　ああもう、獅堂さんの方が重症じゃないですか。そんなに寂しかったならもっと早く言ってください」

気苦労で尻尾の毛並みが荒れていた赤城《あかぎ》しかり、獣人はストレスが尻尾に出やすいようだが、ライオンの尻尾のふさ毛が減るのはなんだか気の毒すぎる。何より雪野にとっても彼の尻尾は最高の癒しアイテムなので、早急に対処が必要だ。

「俺だって時差とか獅堂さんの忙しさに遠慮していただけで、もう少しビデオ通話とか電話の回数も増やしたいと思っていましたし」

「そうか……！　大型獣人と人間では基礎体力も違うし、自分の裁量で動ける俺はともかく、ユキノはあまり連絡を増やしたら負担に感じるかと思って、俺も遠慮していた。でもお前も寂しかったんだな。それならお互いに無理がない範囲で連絡頻度を上げてみよう」

こうして一つ一つ伝え合うことで、寂しさが薄れるだけでなく互いへの理解も深まっていくのだな、としみじみと見つめ合っていると、彼が満面の笑みで腕を広げた。

「さあ、ユキノ、俺の膝に乗ってくれ。食事にしよう」

「いや、食事をするのにどうして膝の上に……」

「俺たちは二人とも寂しがり屋だから、近くにいるときは隙間なくくっついて充電した方がいいと思うんだ。それに俺は今ユキノにあーんしたい気分だし、もぐもぐするユキノを至近距離で眺めたい。いいだろう？　いいよな？」

　不安も寂しさも共有して吹っ切れたのか、彼が本来のゴーイングマイウェイな口調で雪野を抱き寄せてくる。そんな傲慢な恋人のわがままを内心やぶさかでないと思っている自分に苦笑しながら、雪野は喉をごろごろ鳴らす彼の膝に座って「あーん」と口を開けた。

＊＊＊

　後日、雪野《ゆきの》は約束通り、獅堂《しどう》の両親にビデオ通話で挨拶をした。獅堂のホテルのリビングで、幸せそうに腰を抱いてくる彼を窘《たしな》める余裕もない程度には緊張しながら、雪野は自己紹介を済ませた。

　映画のセットみたいな豪邸《ごうてい》を背景に、彼の両親――ホワイトライオン獣人の父親とヒョウ獣人の母親が並んでこちらを見ている映像はなかなか威圧感があったが、事前に獅堂が言っていた通り、雪野が責め立てられるようなことはなかった。

『よろしく、雪野くん。まあ、わたしたちとしては普通に獣人のお嫁《よめ》さんをもらうものだと思っていたから、正直いきなり君たちの関係に大賛成とは言ってあげられないんだが――』

「……っ」

　獅堂と同じ白銀の髪をオールバックにした彼の父親の言葉に身を硬くする雪野の隣で、フリーダムな恋人は相変わらず喉をごろごろと鳴らしている。

『雪野くんの人となりは王牙《おうが》から嫌というほど——本当にもう、君よりも君に詳《くわ》しくなれそうなくらい聞いているし、反対したりはしないよ。仲良くしてやってくれ』

「は、はい——」

「もちろんだ！」

『わたしは雪野くんに言ったんだけどなぁ』

尻尾をビッビッと動かして返事をした獅堂に、彼の父親が軽く脱力したように笑い、再び雪野を見つめた。

『付き合う前に一度、王牙が君のために自分の気持ちを殺して離れようとしたことがあったんだろう？　類《たぐい》まれな才能を持つ白変種が、そこまで尽くしたくなる相手に出会えるのは幸運なことだよ。それに王牙はそのとき感じた孤独や、君を悲しませた苦い経験から、雪野くんを手放す選択だけは誰が何と言おうともう一生しないと決めたみたいだしね』

苦い経験というのは、赤城《あかぎ》に嵌められかけたときのことだ。謝罪を受けた際も獅堂は雪野以上に堪えている様子だったが、苦難を乗り越えたことで二人の想いはより強固になったとも言える。遠距離恋愛への不安や寂しさを抱えても、獅堂の中にも雪野の中にも「別れる」という考えだけは一切浮かばなかったのがその証拠だ。

「当然だ。俺はユキノだけは手放さない。気持ちがすれ違うこともたまにはあるし、相手を思いやるような本気の恋は初めてだから探り探りではあるが、たとえ一緒にいることで苦労することがあるとしても、二人で幸せになることだけは絶対に諦めないぞ、ユキノ！」

「わっ、獅堂さん、今はハグはちょっと控えて……ご両親が見てます、ご両親がっ」

「そうだな、幸せだな、ユキノ！」

ぎゅーっと抱きしめられてわたわたする雪野に構わず、彼は立てた尻尾をご機嫌にぷるぷる震わせる。

『そういうわけで、王牙はいろんな意味で覚悟が決まっているというか、キマッてしまっているというか……』

画面越しの彼の父親は、先日のマリーと同じような遠い目をしている。

『だから感情抜きの損得のみで考えても、君と一緒にいるためなら何でもやってしまいそうな振り切れた息子と対立してまで、反対するメリットはないんだ。長男のところが子だくさんだから、白変種の血筋も残せるし。……それに、気高きホワイトライオンの血を引く王牙が飼い猫みたいにごろごろ言っている姿を見るのは、親としては嬉しくもあるから』

そう言うと、彼らは優しく目を細めてこちらを見つめた。

『だから雪野くんも、もうライオンの胃袋の中に入ってしまったと思って覚悟を決めて、末永く王牙と一緒にいてやってくれ』

「は、はい、わかりました。ありがとうございます」

頸動脈をがっぷりどころではなく、もう胃袋の中だったか……と消化されゆく小動物の気持ちになりつつ雪野が頭を下げると、それまで黙っていた彼の母親が「ねえ、瑠依《るい》くんって呼んでもいい？　いいわよね？」とマイペースに言い始め、いまだユキノ呼びの獅堂と言い争いになっているうちにビデオ通話は終了した。

それから少し経ってから、雪野も自分の母親に獅堂とのことを話した。

その頃にはすでに獅堂は月の大半をアメリカで過ごすようになっていたが、一時帰国した際に、地方にある雪野の実家に——例のリムジンだと地元では目立ちすぎるので主に新幹線で、挨拶に向かった。

「王牙さん、そんなに身構えなくても大丈夫ですって」

道中、獅堂は身だしなみを何度もチェックしたり、毛量の回復した尻尾のふさ毛を念入りに櫛《くし》で梳《と》かしたりと、かつてないほど落ち着きがなかった。

実家の前でタクシーを降りると、雪野は最近ようやく慣れ始めたファーストネームで彼を呼び、広い背中をよしよしと撫でた。二人の薬指には、軽率に莫大な私財を投じようとする彼を宥《なだ》めながら作った揃いの指輪が光っている。

「俺が王牙さんと付き合っていると報告したときも、一言目こそ『その人のことが本気で好きなのね？』って聞かれましたけど、二言目はもう『ライオン獣人ならお肉中心の料理でもてなした方がいいかしら?』でしたから、今頃普通に肉料理を作って待ってますよ」

「そうか、そうだろうか……。好きな人の親御さんに挨拶するのはこんなに緊張するものなんだな。このあいだルイが俺の両親と話しているとき、隣でのんきに喉をごろごろ鳴らしていて悪かった……。緊張というものに縁がないから、緊張の解し方がわからん……手の平にルイって書いて丸飲みするんだったか?」

「緊張に縁がないってすごいですね……あと手の平に書くのは『人』です。俺を丸飲みしないでください。でもまあ今はとりあえず、これで緊張を解してください」

メスを入れる位置を〇・一ミリ間違えた瞬間に患者が死亡しかねない高難易度手術は涼しい顔でやってのけるくせに、雪野の母親に会うというだけで人並みに緊張してしまう恋人が可愛くて、背伸びをした雪野は彼の頰にちゅっと口づける。

唇を離したあと、少し恥ずかしくなった雪野がもじもじしていると、強張っていた彼の美しい顔がパァーッと輝きだした。緊張は無事に解れたらしい。

「ルイが自ら俺の頰にキスをしてくれた……！ しかも自分から仕掛けておいて照れてしまうなんて愛らしすぎる！ こんなに可愛い解し方をしてもらえるなら、緊張するのも悪くないな」

「もう、いいから家に入りますよ。早く俺の家族に、俺の大好きな人を紹介したいんですけど」

眉尻の下がった甘い笑顔をこちらに向ける彼の背中を、冷静な真顔を作った雪野がぽんと叩くと、ピーンと立った彼の尻尾が嬉しそうにぷるぷると震えた。

デベスナ…
北沢きょう

あとがき

AFTERWORD……………………

―幸崎ぱれす―


こんにちは。または初めまして。幸崎《こうざき》ぱれすと申します。

天才エリート獣人からの「この俺様にそんな態度を取るとは…ふっ、おもしれーオトコ」的な展開で始まる現代お仕事獣人BL、いかがでしたでしょうか。

ネコ科好きな方や、チベスナ顔が好きな方（?）にも、楽しんでいただけたら幸いです。

私は動物全般が大好きなのですが、猫は特に好きです。小さな猫はもちろん、大きなネコ科も可愛《かわい》いですよね。すべての猫とネコ科動物に幸あれ。


そういえば気になった方もいらっしゃるかもしれないので、ここで補足を。

作中で獅堂《しどう》は喉を鳴らしまくっておりますが、ライオンがごろごろ音を出すのは呼気時のみと言われているため、厳密に言うと「喉鳴らし」の定義からは外れています。

ただ、大型動物の研究というのはまだ未解明な部分も多く（多分）、且《か》つ実際わりとライオンはごろごろ音を出しますし、動物と獣人はイコールではないですし、何より獅堂がごろごろ言っていたら可愛いじゃないか！　ということで幸崎ワールドの中では、彼には思う存分ごろごろ言ってもらいました。この先も、彼は雪野《ゆきの》と一緒にいるときはBGM並みにずっとごろごろ言っているような気がします。

イラストは北沢《きたざわ》きょう先生に描いていただきました。北沢先生の描く「ザ・いい男！」って感じの男が大好きなので、表紙の顎《あご》クイにそれはもう大興奮しております。

そして口絵のラフをいただいたときは並々ならぬ色気にキャーッとなりながら、じっくり凝《ぎょう》視《し》してしまいました……！　滲《にじ》み出《で》るような色気、最高です！

北沢先生、お忙しいところ引き受けてくださり本当にありがとうございました！

最後に、毎度のことながら超絶頼りになる担当様、優しくて温かな反応をくださる読者の皆さま、いつも本当にありがとうございます！　おかげさまで今作も本にしていただくことができました。素敵な一冊になったと思います。

そして最後までお付き合いくださった皆さま、ありがとうございました。今後ともどうぞよろしくお願いいたします。ご感想などいただけましたらとても嬉しいです。

それでは、このたびは誠《まこと》にありがとうございました。

また次の本でお目にかかれますように。

この本を読んでのご意見、ご感想などをお寄せください。
幸崎ぱれす先生・北沢きょう先生へのはげましのおたよりもお待ちしております。

〒113-0024　東京都文京区西片2-19-18　新書館
[編集部へのご意見・ご感想] ディアプラス文庫編集部「新人外科医は白獅子に求愛される」係
[先生方へのおたより] ディアプラス文庫編集部気付　〇〇先生

- 初出 -
新人外科医は白獅子に求愛される：小説DEAR+23年ナツ号（vol.90）
新人外科医は白獅子に溺愛される：書き下ろし

[しんじんげかいはしろじしにきゅうあいされる]
新人外科医は白獅子に求愛される

著者：**幸崎ぱれす** こうざき・ぱれす

初版発行：2024年6月25日

発行所：株式会社 新書館
[編集] 〒113-0024
東京都文京区西片2-19-18　電話（03）3811-2631
[営業] 〒174-0043
東京都板橋区坂下1-22-14　電話（03）5970-3840
[URL] https://www.shinshokan.co.jp/

印刷・製本：株式会社 光邦

ISBN978-4-403-52602-2